KB164396

흰 길이 떠올랐다

흰 길이 떠올랐다

정윤천 시집

차 례

제 1 부

흰 길이 떠올랐다 10
상사, 그 광휘로움에 대하여 12
澗 聲 14
지난밤의 하느님 16
찬연함에 대하여 17
풍경은, 옛 연못을 지웠을지라도 18
길 너머 20
七去에 부치는 노래 22
운주사 臥佛 23
떡갈나무 등불 26
봄, 눈이 머물다 간…… 28
노래방 가는 길 30
甘 菊 32
푸른 아침 34
저녁강의 詩 35

제 2 부

저문 꽃 뒤에서야 38
문짝 낡은 집 39

봄 밤 40
큰 나무 아래 42
앵두나무 그늘 아래 44
벌레 먹은 집 46
옛밥 한 그릇 48
만술이 49
그 자리 50
그 여자 52
먼 저녁 54
가난한 골목 56
光州行 57
회장님 가라사대 58
웃마을에도 있었을 이야기 두마당 60

제 3 부

새벽밥 64
좋은 꿈 65
저물녘 66
어느 저물녘 67
제비쑥 편지 68
용봉탕에서 69
조선의 돈 70
장해별이 72
풍경 아래 74

리발 황씨 76
거리의 藥師 78
부여에서 79
이 강산 낙화유수…… 80
그 겨울의 기억 저편 82
詩는 쓰러지거라 84

제 4 부

들쑥 향내는 바람에 날리고 88
저녁눈 89
서울의 외가 90
어떤 輓詞 91
시젯날 92
한 새벽 창문 너머 93
그 길 94
희재의 처녀작 96
희재의 첫길 98
그리움 99
그 花燈 100
그 꽃밭 속 102
세월의, 저녁 한때 104
木浦가 흔해진 모양이다 106
강천사는 거기 있어 108

해설 109
시인의 말 122

제 1 부

흰 길이 떠올랐다

1

어떤 나이든 여자는 자신의 책을 내면서, 표지에, 젊은날의 사진을 골라 버젓이 실어놓았다. 그리하여 기인 생머리칼 자락이, 그녀의 한가로운 閑談集 안에서 물비린내를 흠씬 풍기며 출렁이고 있었다. 처음에 나는 터질 듯이 부풀어 오른 그 나이든 여자의, 과거의 상반신에 대하여(탱탱한 유방 근처와……) 그리고 그녀의 현재의 저의(?)에 대하여, 상당한 의혹과 유감을 가져보기도 하였다.

2

어머니는 한땀 한땀 힘들게 바늘귀를 놀렸다. 당신의 그런 집착과 망아의 시간 곁에서, 나는 곧잘 실패라거나 골무 등속을 가지고 놀았다. 그리움에도 빛깔이 있다면…… 내게 있어 그 시간들은(귀머거리와도 같았던!), 어쩌면 온통 회색의 색감이었다.

어머니는 손바닥만씩한 헝겊을 덧대어, 상보라거나 책보 같은 걸 기워놓곤 하였다. 언젠가 당신은 내게 힘들게 들려

준 적이 있었다.(애야, 나는 내 안팎의 상처를 깁곤 했구나.)

3

마음의 실꾸리에 감긴 좌절을 재료삼아 그렇게 자신을 기웠노라던 한 여자(어머니). 내게도 문득 흰 길이 하나 떠올랐다(흐릿한 길……), 혹시 그 여자들은(늙은 여류 한담가와 어머니), 제각기 혼신의 힘으로, 자신의 옛날 사진 한 닢과 손바닥만씩한 헝겊조각들 속에서, 어느 여름날의(사무치게 은성했던 날의) 숲길 앞에 이르는, 푸르름의 길모서리 하나씩을 글썽한 눈매로 떠올려보고 있었던 것은?

아니었는지도 모르겠다며, 내게도 오래 전의 먼길이 하나 떠올랐다. 거기 가뭇한 유년의 강둑(—강변)을 지나, 그 미루나무 숲길 위를 아무렇게나 배회했던, 빛나는 이마를 가진 소년이 하나. 이제 막 맨발의 푸른 길 너머로 길게 이어진 희미한 배경 속에서, 마치도 생시처럼 아프게 어려주었다.

상사, 그 광휘로움에 대하여

〈언제부턴가 마을에 흘러들어와 야메로 치과를 열었던…… 시나브로 그는 절반 넘게 죽어서, 궁리 끝에 어른들은 그를 위하여 가짜 상여를 메기로 했다. 상여는 그렇게 마을을 나서, 진짜 장례식의 거릿제쯤에 이르자, 마을의 수당골이 한차례 떠들썩한 치성을 올려주었고, 홑이불에 싸여 죽은 듯이 누워 있던 그는, 산죽음의 멀고도 가까운 길을 한차례 돌아 나온 뒤에야 집으로 돌아왔다. 그런 뒤에 그는 곧바로 거짓말처럼 자리를 털고 일어나더니, 한동안 사람들의 병든 이빨을 돌보다가 마을에서 이내 자취를 감추고 말았다. 비밀스런 말투로 어른들은 그 일을 일러 想思라고 그랬다.〉

내게도, 꽃술 실한 수국 한 송이. 기도처럼 간곡하게 그에게로 드리웠던…… 긴한 마음의 옛 자취. 그러나 그 깊은 자리. 끝내는 혼자만의 화농으로 벌겋게 익었다가 가뭇없이 져야 했던, 만개한 마음 꽃 한 송이.

그래도 기억은, 가끔, 세월의 생살로 까마득히 차올랐을 종창의 흔적 가까이, 데불고 가 마음 쓰이게 하면. 상사,

어금니에 마른침이 고이도록 아름다웠던, 비밀한 그 한 말씀.

澗 聲*

북구 오치동 쪽으로 거처를 옮기고 난 뒤 하루에 한두번씩은 국립 전남대학교 후문 앞을 지나다니게 되었다.

찢어진 청바지를 걸친 별 하나에게로, 퍼머머릿결을 이악스럽게도 부풀려올린 별 하나가 다가와 냉큼 어깨를 거는 게 보인다. 그 뒤에서 시쓰루 차림이 안성맞춤 어울린 또 다른 별 하나가 상큼한 목청으로 아침 인사를 건넨다.

장흥군 유치면쯤에서 날아온 듯싶은 별 하나에게로, 보성군 회천면의 栗浦쯤에서나 달려온 듯 보이는 별 하나가 알은체를 한다. 다시 또 그 뒤에서 담양군 수북면쯤이거나 화순군 남면쯤에서…… 그리움 진한 전라도의 지명 하나씩을 저마다의 배낭에 메고…… 혹은 저 멀리 고군산군도 부근…… 어렵사리 이 대열에 합류한 듯싶은, 어린 풋별들이 어울려 촘촘한 눈웃음들을 보탠다.

그때 마침. 생머리칼 자락을 한껏 나풀거리며, 자전거에 올라탄 맑은 별 하나가, 이제 막 손바닥 같은 새잎들을 내밀기 시작한 교정 안의 가로수 아래를 잽싸게 내질러간다.

— 어디선가 먼길 손잡고 뛰어가는 개울물 소리가 들려온다.

* 개울물이 흘러가는 소리.

지난밤의 하느님

어젯밤 여기 가난한 마을에 임재하셨던 하느님들은, 스스로의 발화로 저를 사르고, 거기 가난한 人畜들의 지붕과 벽들을 덥혀주고, 흰뼈로 앙상하게 부활하는 동안.

끙끙거리며 올라서기도 하는 저 겨울 아침의 굽은 골목. 곱은 손마디마다 연신 입김 어려 보이는 늙은 청소차 위로, 이제 막 어둠살 걷기 시작한 신신한 서기의 시간 가까이, 한세상의 맑은 눈매는 저렇게도 형형 밝아오시나니!

찬연함에 대하여

그리하여 그것이, 이적지 떨어져나간
세월의 낙엽들이
풍화되어 사라져간 오랜 날들의
소슬하고도 아린 기억, 저 너머까지
잔바람의 가지 끝에 일렁이는
마지막 떨림의 세세한 낱낱까지
그 고뇌의 순간들 죄다 간직한 채로

저 여름나무
직립의 자세로 버팅겨 서서
그 아래 푸른 그늘의 세계
오래도록 한사코 드리워줄 수 있는 일이라 치면.

풍경은, 옛 연못을 지웠을지라도

늙은 호적계 직원이 무심한 습관의 손길로 복사기를 켜는 시간의 저편. 읍사무소 이 자리 아래에는, 오래 전 아름다운 설화와도 같은 방죽이 하나 있었지. 거침없는 기색으로 붉은 꽃의 화관을 밀어올리던,

蓮의 못이……

그 둑방길 둘레에서 일어났던 누구누구의 춘정에 얽힌 뒷소리들은, 한동안 이 거리의 은밀한 풍문이 되어 흘러다니기도 하였지만. 복사기에 찍혀나온 등본. 허망한 墨寫 위에는 꽃물 든 옛이야기 어느 사연도 남아 있지 않았지.

그렇게 사라졌음을 증거하기 위하여, 누군가의 생년월일을 간단히 폐기해주기도 하던 사무실을 나서면서. 이 건물의 단호한 담장 밖으로 잘려나간 채 남아 있던, 늙은 상수리나무 반쪽 가지의 숲길 너머에, 한동안 눈을 맞추기도 하면.

풍경은, 스러진 기억의 희미함 뒤에서, 스스로 더욱 낡아

버리기도 하였지만. 이제 막 출생신고를 마치고 나오는 이읍의 아이들을 위하여, 그들이 새롭게 이르게 될 저 오솔길의 뒤안에. 저마다의 발자국에 스치고 갈 쓸쓸하고도 아름다운 이야기들을 바스락바스락 새겨주기도 할 것이어서. 풍경은, 까마득히 옛 연못을 지웠을지라도……

길 너머

—우체국, 내 마음의 그 오랜 성채 안에는, 발자국 소리를 죽이지 않고도, 아무렇게나 쿵쿵 울리면서 가는, 기인 복도 끝의 낡은 회랑 안까지— 이어진,

거기 한때는 우리들 마음 안의 지붕 높은 사원이 한 채 우뚝 서 있던 자리. 관사의 뒤뜰 은행나무 노오란 가을잎들 너머로, 밤새 암기한 데미안 몇 구절을, 머얼리…… 보내놓고…… 오다가…… 길섶의 느티나무 가지 위에 새 한 마리. 늘상 그 자리에서 지저귀고는 했었던 새를 마치 처음이기라도 한 것처럼, 새로운 눈빛을 뜨고 바라보게도 하여주었던 아름다운 幻視의 한순간 위로.

그때 마침. 황혼의 엷은 노을이 서늘하게 비껴가던 시간의 그늘 밑으로, 빨간 자전거들 반짝이는 은륜의 바퀴살들을 간지르며, 은행나무 노오란 가을 잎들이. 한차례 투명한 손뼉소리로 날아오르며 빈 가로의 저녁 무렵을, 휩쓸고 가기라도 한다면. 일순, 우리들 모오든 상처의 그림자들이, 우와! 한꺼번에 빛을 발하며 탄성처럼 반짝여주기도 하였던 것을,

아직도 그 길 너머, 우리들 가슴 안 희미한 비탈길의 저

편엔, 굽은 담장을 끼고 돌아가 사뿐히 내려섰던 높다란 지붕을 지닌 마음의 성채 하나. (발자국 소리를 죽이지 않고도, 아무렇게나 쿵쿵 울리면서 가는, 기인 복도 끝의 낡은 회랑 안까지—이어진,) 삐걱이는 목조 계단 앞 난쟁이 화분 속에, 키작은 가을 꽃 몇 송이 힘에 겨운 꽃대궁들은 바람 속에 가만가만 흔들리며 서서,

—있었던 것을.

七去에 부치는 노래

천역입지요
곰비임비한 忍從의 법통 서릿발 추상같은
애꿎음입지요
선영에 가문에 광영 된 일이옵시면
그 시절 흔한 열녀문 문설주 온통 서둘러 금칠갑 입힌
말 없는 그 기둥나무로나 별반이었습지요
서방님 고혼님 일이옵시면
버선 대님 한짝 빨래 한 가지 앞에 할새도
지국총 지국총 지성 감탄한 몸짓 마음짓으로
종교처럼도 기원같이도 비비고 헹구었습지요
눈 뻔히 뜬 봉사 벙어리 젓갈내로 애간장 끓이고 왔던
그 시절 오만 남정들만이 아니라 그것들이 내싸지르고 간
뒷감당 풋것들까지
등짐 이바지 거리로 끙끙 업어 고이 기르고 왔던
다만 버혀내기 위해 품에 간직한
시퍼렇게 날벼린 은장도에나 기댄 세월
그 인종의 누대 곁에 지긋이 사리문
한닢 옷고름으로나 별반이었습지요.

운주사* 臥佛

너희가 너희의 생애 안에, 이미 돌이킬 수 없는
갖은 험로들을 팽개치고 나와
더러는 여기 코 없는 미륵으로도 앉고 서고, 혹은
이 벌판의 가시밭길 초입에 이르는
어느 한뎃잠의 먼길 위에서
무명의 지푸라기들로 스러지기도 했노라고 전해오느니
나 또한, 너희로부터 비롯된 불우한 신화의 주인공으로
이 남루한 산정의 그늘진 비탈가에
마치 그 시절, 杖刑 아래 어긋나버린 고단한 하초의
무거움으로 고이 누워버렸거늘
때로는 스산한 가을 산야의 마른 잎 쓸려가는 기척 너머
지금도 간간이 여기 와서, 내게 일러주고 받기도 하던
아아! 그날 새벽 우리가 함께 꿈꾸었다던
불온한 내세에의 가뭇한 안타까움이여……

그렇다고 어디 내 한몸이 천지개벽의 부릅뜬 일념으로 먹먹한 아랫도리를 한차례 뻘깡 일으켜세운다 한들 저기 저 개망나니 같은 서울이 여기 와서 덥석 무릎을 꿇어줄 일이었으며 닻 없는 상상의 빈 배 한척인들 지척의 중장터 마

당 桃花네 술청 마루 모올래 익은 밀주 한사발 곁이나마 흘러갈 수 있어 서로의 마른 목 축여줄 수 있었으리

어쩌면 너희가 이 계곡 안 처처에
빼곡하도록 세우고 쌓았던 발원의 형체들과
고개 너머 아득한 무지개 淨土라는 것이
실상은 지금 저 아래
어머니의 적삼띠 같은 수수로운 논둑길 위로
퉁퉁 배를 불린 종자소 한 마리씩을 끄덕끄덕 앞에 세우고
공복의 호된 쓰라림 곁에
슬픔처럼 훅훅 더운 밥내가 끼쳐오던
늦저녁의 돌각담 사립문 앞을 들어서는
甲수나 乙수
저들의 묵묵한 발걸음들처럼
오래 견뎌 이르러야 할 구부러진 현세의
시간의 층층 위에
천 번을 쌓고 천 번을 허물기도 하였을
그리움의 한 방편 같은 것은 아니었으리
그리하여 나는, 애시당초 누워 있기 위하여

평평한 돌팍 위에 새겨진
이름 그대로의 와불은 또 아니었으리

그러나 아직 너희들 중의 누군가가 직립의 온전한 한 꿈을 저버리지 못하고 너희들 생의 어느 가장 그늘 깊은 안쪽을 물길삼아 이 산중 바다의 한가운데 속으로 運舟의 노를 적시고자 한다면 내 묵묵부답의 싸늘한 아랫도리 한켠으로도 그 물결은 와서 찰랑거릴 때 비로소 나는 아직 일으키지 않았으므로 언젠가는 반드시 일어서야 할 와불

호된, 숙명 같은…… 마침내의 명명일 수도 있었으리!

* 전라남도 화순군 도암면 대초리에 자리잡은 절. 지금도 구구한 추측으로 생몰의 근간이 비밀에 둘러싸인 이 조그만 절 고랑은, 언젠가 황석영의 『장길산』 말미에서 다분히 소설의 허구(?)로 차용됨으로 하여 세간의 입방아에 오르내린 것으로 알고 있다. 하여 이 졸시 역시 『장길산』이라는 소설의 허구를 밑그림으로 씌어졌음을 밝힌다.

떡갈나무 등불

내 어린 회억의 밑자리엔, 지금도 수천의 이파리 햇살 반짝이는 등불을 매단, 키 큰 떡갈나무 한 그루. 머언 동구 앞에 여태도록 울울창창 버팅겨 서 있어……

그날 같은 당신의 과장된 노여움은, 시름 많은 가장의 스스로의 막막한 울증 같은 것은 아니었는지.

푸진 숫눈이었다. 상기도 꽃잎처럼 몸을 풀었던 눈발 속에는 왠지 모를 이끌림이 끼쳐 있었고…… 사단은 거기에서 비롯되었다. 앙상한 벗은 몸으로 눈(雪) 사진을 박는다고 설레방구를 떨고 다녔던 그 일. 속내도 모르고 따라나섰던 내 아우와 나는 한몸으로 뒤엉켜서 매장당해버렸다. 눈구덩이 속에…… 그 길로 사립짝을 박차고 나가 밤늦었던 귀가의 아버지.

부실한 세한 양식의 가난한 집들의 지붕 위로, 종일토록 눈발은 거침없이 내리고, 당신의 이마 위에도 그 저녁답 눈기척은 어지럽게 붐비고…… 기차 화통소리 여영 빼박은 칼칼한 꾸짖음 너머, 고뿔 운운했던 당신의 목청은 마침내 쉬어, 내 기억에 감기는 그이가 먼저 끌고 들어와 잔기침 오래 성가시기도 하였지만.

설설 끓어올라 그만이라던 이즈막의 보일러 한 대. 지금은 때가 늦어 영영 놓아 드리지 못하게 되었지만, 이녁 생애의 어두움 많은 날들 위에, 결국은 우리들이 흩뿌리고 말았을 빼시린 눈발. 허옇게 둘러쓰고, 식구들 중 매양 제일 늦던 그이가, 이야기 속에서나마 지금도 진창 묻은 신발 한 짝을 밤늦은 토방가 앞에 귀에 쟁쟁 털어주면.

아버지는 그렇게 불사의 상징일 적에, 한사코 스러지지 않을 먼 동구 앞의 키 큰 떡갈나무 한 그루. 푸른 잎새로 일렁이는 그리운 등불일 적에.

봄, 눈이 머물다 간……

목쉰 확성기 가래 끓는 목청으로 새벽부터 이미자가 지분거렸다. 젊어 한때는 외줄타기로 펄펄 날았다던, 표 파는 구레나룻의 늙은 투덜거림 곁을 지나. 버즘꽃처럼 튀어오르기도 했던 듬성한 박수소리 서넛 너머로, 어쩌면 정녕 거기 있을지도 모를 그리운 딴세상을 꿈꾸기라도 하는 듯 눈빛 아프게 주고받기도 하던 곱사등이 내외. 해진 천장 틈새로 설핏, 봄, 눈이 비쳐오던 일별의 그 사이. 그들의 작은 키에 비하여 턱없이 높아 보였던 지붕 아스라한 포장 안에 들면.

식초를 먹여 키웠을 거라던, 팔목이 여린 한 계집애가 아슬하게 펼쳐주기 시작한 몸짓 눈부신 아름다움은. 난장바람에 허리를 잔뜩 부풀린 가설천막이 사라진 뒤에도, 봄, 눈이 이울어가던 그 자릿가에. 솜사탕 떠들썩한 솜틀이 대신 들어설 때까지, 구 장터 찬바람 속에 오래 남아 있었다.

휘익휘익, 서툰 휘파람소리 다투어 흘려주고 나온 구경꾼들의 시간은 끝이나, 포장 밖으로 현실의 세상 속을 다시 나서는…… 발길들은 바람결에 실려 간 눈발처럼 흩어져갈 때. 우리들은 겨드랑이며 배꼽언저리에 어색하게 꼬물거렸던 제 또래의 한 계집애. 뜻모를 슬픔처럼 맞닥뜨리고 간 思春의 가슴녘 안에, 봄, 눈이 지던 그 자리 깊게 새기고 왔다.

돌이켜보면, 늙은 외줄타기 아저씨가 무심코 환기해주었던 위태로운 삶의 뒤안의 쓸쓸한 투덜거림 한구절도, 수전증의 그의 불편한 손놀림 너머 먹먹한 빈 하늘의 한참을 흔들다 갔다.

몸피 애잔했던 병색의 부신 계집애. 그 아이의 앙증맞은 발바닥 위에 물구나무로 지탱하고 서서, 가뜩이나 힘들게 흔들거렸던 촛불의 그림자들도…… 봄, 눈 속의 그 자리 아래 흉터처럼 선명하게 머물다 갔다.

노래방 가는 길

봄이 와도 더이상 살구꽃이 피지 않는(정분 날 일 없어진!)마을에→ 감꽃이 지지 않는 뒤울에→ 살구꽃은 감꽃은커녕, 그 나무의 가지와 잎새들이 형체도 없이 자취를 감춘 우리들 집집의 허공의 베란다에→

미장원집 이층에→
삼거리 로터리에→
김씨 복덕방 지하실 계단에→

그도 아니면, 하루에도 수십 종의 새와 나비와 풀꽃의 이름들이, 이 지상에서 영원히 소풍을(오싹하여라!) 떠나버리고 말게 되었노라던, 심심풀이 안주삼아 들려주는 말장난이며 글장난들 곁에→

그러니까 그 길은, → 따라서 한참을 가다 보면, 왠지 우리가 궁여지책으로 생각해낸 듯싶은 씁쓸한 安樂死(마지막으로 노래나 한곡 땡기고 돌아들 가시자던……!)의 서글픈 방법론 같기도 하여져서……

전봇대 긴 그림자 끝에→
그 아래 발광으로 훤칠해진 저 해사한 연대의,
밤 늦은 이마빡 위에→

甘 菊*

한나절 애잔한 입담에 기대어, 까마득한 청상의 주름진 날들 長한숨 한대목만으로, 그 아린 속내 한자락이나마 헤아릴 수 있으련만, 당신 한시절의 애틋함…… 낙화의 꽃숭어리 주워, 지극정성 바구니 이루어놓곤 하던, 할머니의 감국. 마른 꽃이파리는, 때론 할아부지 연초내음 묻은 약방문 속의, 생소한 藥名이 되어 들여다보이기도 하였습니다.

내 열일곱 나던 가실녘 끝에 짬사도 모르고 시집 안 왔냐
얼굴 한번 면헌 적 없으니 생판 뜬금맞드라만……
신행 온 첫날 아침녘, 둘 데 없어 내리깐 눈 아래
시집의 마당귀에는
그날도 꼭 시방만 같이 국화가 지고 있었구나

허옇게 서캐가 내린 철부지 가시나이 내 머리속을
마뜩찮은 눈총, 마음 쓰이시던가 싶더니
하로는 글씨 그 꽃잎 달인 꽃물을 풀어
암도 모르는 뒤란 저녁께 머리를 깸게 주시더고나
그밤사 통게통게 가심 뛰었더고나

지나간 오랜 날들의, 기억도 환한 꽃숭일 주워, 해진 멍석어귀 청명의 가을볕을 바라보던. 할머니의 메마른 꽃떨기들은 말년의 노친네 애잔한 눈시울에 얽힌, 그리운 풋각시적의 물든 가슴녘. 여태도록 찬연한 그리움이었습니다.

* 황국 꽃잎을 볕에 말린 것으로 한약재의 약명으로 쓰임.

푸른 아침

그날 하루 마수걸이 손님은 등기소 골목 한일식당 여자였겠다. 밑반찬거리 삼은 우엉뿌리 한다발 곁에, 큰 손으로 챙겨놓은 개평 한주먹. 아니나 다를까 언제나처럼 이 아침도 얼크러져서 덩그랑당그랑 밀고나 당겼것다. 오오랜 버릇들로 그 짓거리 한참새나 오래 갔겄다. 실 뿌렁구 서너개 더 얹어주고 간신히 흥정 났던가? 그리 되었던가 싶었더니만……

한일식당, 돌아서면서—징그럽다고
경자아짐, 그예 질세라—첨 봐부렀다고

그래 너 잘났다고, 서로에게 어절씨구 떠방천하던 뻿센 말본새 카랑한 행간 속으로, 두 여편네 푸진 넙덕치 같은 실한 햇살은, 어쩜 저리도 잘 생긴 아침. 이름도 벌써 푸른상회. 채소전 푸성가리 온갖 잎잎에 마음껏 푸르디푸르렀것다.

저녁 강의 詩

世事야
오만사 시름 깊을 적에
허한 마음의 끝자리인 양
강에 이르면

비인〔空〕강
물소리 곁으론
일모의 설핏한 햇살
젖은 몸을 뒤척일 적에

밤벌레
소리소리 들릴 적

내 쓰자던 시 한자락 그 소리 곁으로 얼굴 씻기면 영원과도 같은 제 몸짓으로 강물은 흘러가면서 앞물은 한사코 뒷물을 열어주면서 시라는 것도 어쩜 그렇게 오만사 열어주는 일 낮은 목소리 일러주시면.

제 2 부

저문 꽃 뒤에서야

저녁 꽃 저물어서야 아침 꽃은 피누나

아흔여섯 해
우리 할머니
쫓기듯
젤 먼저 일어나
집 앞 쓸어놓는다

그 길을 밟고
아이가 학교에 간다

문짝 낡은 집

늙은 그 집 주인은 배불뚝이
할멈

비곗점 징경징경 띄워 술국이 끓으면
지물포 장가, 땜방집 곱슬머리도
쿠린 똥내 한숨들 예서 어울려
—비 올랑갑구나
누가 먼저랄 것도 없이
으스스 어깨 한켠 뼈마디 쑤셔올 때
아주까리 동백꽃 한패거리 곁에
찾아갈 곳은 못되었던
버리고 온 고향의 외로움들이
뒤죽박죽 맞장을 뜨며 달아오르는데
세월의 한뎃바람 삐걱이며 막고 서서
문짝은 벌써 옛날에 낡아

그래도 배불뚝이 할멈
쭈그렁 호박꽃 한 등, 어엿한 그 집.

봄 밤

그는 오늘 괜시리 낮술 한잔 붉었다. 일없이 취기 오른 마음 빈 마당 한 차례 둘레거렸다. 시린 세한 한철 함께 난 토방가 늙은 닭 한 마리, 양지녘 서성이는 벼슬머리 위로 몸 푼 햇살의 기미 눈에 겨웠다. 그예 뒤통수 근질거려 고개 돌리매, 눈매 샐쭉하게 흘긴 이녁의 얼굴 불현듯 거기 있었다.

이보소, 이리로 좀 가까이 보세
오늘은 이내 마음도 괜히 그만 허망허이
저기 저 어지럼증 도는 지랄 같은 천지간의 기색
봄이런가보시
지지리도 험상궂게 건네왔던
속울음도 성성한, 다시 또 봄이런가보시
작것, 오늘 하룰랑 그리운 옛날 같은
春色에 기대놓고
어따, 이 사람아 이리로 좀 보잔마시.

별스럽다고 남세스럽다고 도리질로 까불었던 점순네였다. 그래도 그는 한사코 읍내 가는 오토바이 발동 걸었다.

연초록 바람결은 귀밑머리도 한바탕 헤집고 갔다. 아릿한 들내음 속에 희끗희끗 스쳐가던 옛 기억도 있었다.

초저녁 살포시 내린 담그늘 짙어서야 내외로 얼굴 붉어 돌아온 두 사람. 귀냄이 양반 풀어헤친 마음밭가에 우련 밤꽃 한 소쿠리 피어올랐다. 그날 밤 일찌감치 그 집의 불빛 다급하게 꺼뜨린 거친 손길 있었다.

오매! 뭔 일이다요
어따, 이 사람아
봄밤 아닌감.

큰 나무 아래

큰 나무 서 있습니다. 마을에 길손이라도 드는 날이면 그 가지 잎새들이 젤 먼저 알아챕니다. 어쩌면 이집 저집 숟가락 몽둥이까지 석삼년 지나간 일도 시시콜콜 기억합니다. 〈그날 복이는 시집갔답니다.〉 싸늘한 달빛 한자루 억심으로 숫돌에 갈아, 허망해진 옛 맹세의 가지 하나 사무치게 버혀놓고, 고향 버린 만이 사연도 큰 나무는 알고 있습니다.

큰 나무 오늘따라 제 그늘 한껏 넓혀줍니다. 웬일인지 마을은 새벽부터 술렁거리고, 집집의 대문 앞에 개짖는 소리들도 성가실 무렵, 사람들 하나둘씩 한 집안에 모였습니다. 〈젊은 에미 품에 안긴 어린 눈망울도 하나, 외가의 골목 안통을 자꾸만 둘레거리며 들어서는데……〉 아! 이제 큰 나무도 확연히 알겠습니다. 오늘이 바로 복이 아버지 잔칫날이었던 것을……

쪽진 복이 얼굴 달덩이 이마 한켠에, 옛 같은 그늘 한자락 그 사이에 벌써 들여다보았던지, 술잔에 서린 죄 한모금인 양 숨 깊이 털어넣고 돌아선 복이 아버지. 젖은 눈꼬리에 상기도 더운 이슬방울 맺혀 있던 것 큰 나무도 보았습니다.

큰 나무 여전히 서 있습니다. 그 그늘 아래 사는 일일랑 때때로 이와 같아서, 지난날 누군가 버혀놓고 간 상처의 옛 가지 위에, 벌써 푸른 잎 자리 돋았습니다. 그 나무 아래 오늘 하루 온 마을의 저녁 무렵이 익은 감노을로 흐벅집니다.

앵두나무 그늘 아래

앵두나무 우물가 옛 그늘 아래. 저녁물 한 독 넘치게 만근이 아재 아짐씨, 또아리끈 질끈 입에 물고는 푸진 궁뎅이 뒤태. 느려터진 짤박걸음으로, 마을길 뒤뚱 돌아서다 말고는 해저녁 깊어졌으니 그만들 집에 가라던, 한쪽은 구슬패 다른 한쪽은 딱지패였을, 흙강아지 땅강아지 시절의 옛 그늘 아래.

그 그늘 아랫길 지나 우리들은 더러 학교에도 들고, 반쪽의 조국을 익혀 책보에도 담아왔던, 앵두나무 우물가 옛 그늘 아래. 어찌 보면 껄떡쇠 양반 뭣 같기도 했던, 회칠한 시멘트 기둥 하나. 때려 잡자 공산당 간첩도 자수하면 내 동포 내 형제. 앵두나무 우물가 옛 그늘 아래.

오늘은 거기 예전의 그 자리에, 옆으로 세운 볼썽사나운 물건 하나.

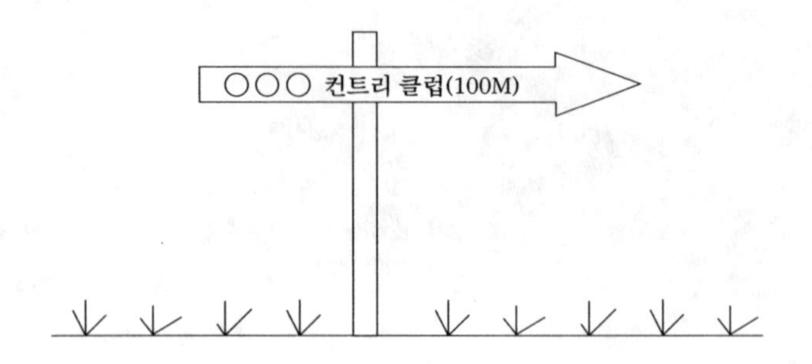

왼쪽 볼딱지도 오른쪽 뺨따귀도, 이모로 저모로 그때마다 요긴하게 볼때기 얻어터지며, 한마디로 좆같은 세월 × 같은 날들 건너오는 동안. 이젠 밤마실 어슬렁대는 늙은 똥개들 뒷간이나 되어버린, 서발 다섯 자로 쑥부쟁이나 욱어버린, 앵두나무 우물가 옛 그늘 아래.

벌레 먹은 집

애초에 울타리 없었으니 사립문 없어, 마당귀 늙은 삭정이 밤나무만 너댓 그루. 그래도 철 이르면 알싸한 밤꽃내 흐드러질 듯도 싶던 그늘 밑에는, 흑염소 한쌍. 그리하여 그 집의 사람 사는 흔적을 염소로나 하여금 물어야 했던 애터진 풍경 너머. 거북이 등처럼 실금이 쩍쩍 일어난 시멘트 장광 위에는, 태 맨 간장독. 그 아래 키 작은 맨드라미 봉선화 저절로 어울린 키 작은 서정 속으로, 낙수에 고랑이 패인 처마 밑. 三代로 대물린 확독 가생이 꺼시러운 보리쌀 확질의 흔적 곁에는, 잔솔불에 그을린 옹벽 녹슨 못대가리마다, 일찍부터 집 나간 자식놈들 얼굴을 닮은 올망졸망한 씨앗봉지들.

미풍에도 삐걱거리던 정주간 문짝 사이로, 물기 마른 살강 위엔, 말년의 양주 쏙 빼닮은 밥사발 두 벌. 그 위로 깃들이 저기 저 처연한 덩그러움…… 그래도 물바래고 해진 노오란 머릿수건을 저문 노을빛으로 벗어들고 들어서던, 할미꽃 한 송이. 이녁의 앞치마 품에 눈물처럼 빨간 고추 한줌을, 그나마 밤나무 가지 그늘에 가리워 햇볕도 쇠잔하던 툇마루 모서리. 갈퀴손 무심히 놀려 널어주던.

몸통만이 아니라 가지에 가지 끝에 잔 이파리들까지. 쥐밤 몇 톨 간신히 여문 밤송이까지. 벌레는 죄다 먹어 그 집 사무치게도 고요하던 집.

옛밥 한 그릇

추억은 제법 팔아먹을 만한
질료가 되어주기도 한다는 듯이
그렇다는 듯이
중심사 가는 길 양 옆으로는
횡대로 늘어선 보리밥집들
참기름에 고추장 옷 입혀 윤이 나도록 버무려보아도
그래도 자꾸만 목구멍이 칼칼해오는,
한때는 그 밥에 물말아 먹고
학교에도 공장에도 갔던 그 놈들끼리, 줄줄이
이쑤시개를 깔짝대며 내려서는
내리막길 아래로
한사코 목젖을 헹구기로 하자는
단란주점→ 노래방 코스를 위하여
이름들도 다사다난한 저마다의 달구지들이
배기통마다 푸덩푸덩 방귀들을 뀌어댄다.

만술이

꿩 잡아 주마고 바람을 잡아
산꼭대기 두어개나 넘어갔더니
제 집 앞 마당에 노닐던 닭 잡아주었던 놈
일찍이 동네 사랑방 술담배 심부름으로 이력이 오른
너는 어쩔 수 없는 재 너머 깡촌놈이어서
패거리에 붙은 첫날부터 걸쭉한 뽕짝타령으로
은근짜 입담으로도 한몫 거들더니
틈만 나면 늘상 조개談 주접떨던 놈
매점 뒷골목 자취방 구석 몰려다니며
모난짓 그만그만한 주먹자랑으로 한눈들을 팔았던
싹수가 노오란 옛 버릇들이야 이젠 한물 벗기도 하였지만
질척하게 건너온 우리 세월, 마음처럼 쉽지 않았던지
모처럼 얽힌 등 너머로 뼛센 저녁 바람은 불어가고
저 먼저 훌쩍 일어나 거들먹 손사래치며 계산 마치던 놈
쑵새들아, 나도 한때는 가수가 꿈이었다고
비 내리는 고모령 한대목 구주죽 넘어갔을 때
그 말이 꼭 옛날 같은 허풍만은 아니어서
옆자리 건너 저쪽 패들까지 조옿시다고 앵콜 받던 놈.

그 자리

창곤이네 철물점 괭이 모가지엔 저마다 빨갛게 녹물 짙게 올라붙어, 한쪽 귀로 튀밥 불리던 짝귀 아재. 어눌한 손짓 너머의 자귀질 소리도 이젠 들려오지 않았다. 개장국집 목로의 깨진 들창머릿가에 세차게 시려오던 발등거리. 잠시 다리쉼을 놓으면, 저만치 쇠전가 공터 어귀엔 팔리지 못해 되돌아가는지. 눈매 한번 그늘지도록 깊은 늙은 소 한 마리. 저 모습만 겹도록 그 자리 풍경에 어울렸는데.

물 간 황시리 비린내 좌판 곁에는, 그믐밤 닮은 피곤을 꾸벅이던 누런 얼굴들…… 거기 헝클어진 반백이거나 때 바랜 누비바지 입성. 상고쟁이 저이들 지나치다 보면, 마침내 그 자리. 사는 일의 스산한 속내 사뭇 들척이고 지나가는 포장 밖의 바람소리. 그때였던가?

—어쩌든지 너는 월급쟁이가 되얄 것인디! 씁쓰름 귀밑볼 스쳐주던 해묵은 고시랑거림 한 매듭일랑, 아직 함석집 처마 모서리 칼고드름으로 맺혀 눈길 시려왔었다.

오랜만의 그 자리. 좁쌀전 재식이 자식은 똥배도 제법 불거져나왔건만, 휘휘 엄살 실어 흔들어주는 제 손시늉만이 아니라도, 스러져가는 南面場 저 썰렁함의 끄트머리는, 누군가 흘려놓고 간 막술내 끼친 곡조 속으로, 상기도 스산한 노을빛만 낭자하게 붉어, 옛 친구네 철물점 괭이목이며 쇠스랑 모가지엔 저마다 빨갛게 녹물 질어 있었는데.

그 여자

그 여자는 와서
온갖 쑥덕거림과 손가락질 뒤로
양산 꽃그늘에 노랑물 머리 가리고 와서
영자라든가 애자라든가 하는 옛 이름도 지우고 와서
그래도 우리들은 아카시아 향내 묻은
껌을 나누어주기도 하던
그 여자, 먼 대처의 이야기가 좋아서
처음 해보는 브러시 빗질 그게 그렇게 좋아서
쇠똥 비듬 머리통들을 다투어 들이밀곤 하였는데

〈그날, 밤물 뜨는 새암가에 큰 쌈이 났다
김생 어른 안주인 독새기댁
온 마을 두루 세답을 놓고 당신 한마디에
삼동네 슬슬 눈치 살피던 행짜 그대로
독오른 낯빛 푸르뎅뎅 독새기댁이 되었건만
그 여자 하나도 겁먹지 않았다
되려 빨간 손톱 칼칼하게 치켜세웠다
그래, 나는 니넌 말 그대로 화냥년이다〉

그후로 우리들은 어른들에게 등 떼밀려
그 여자 곁에서 멀어졌는데
김생네, 서울 아들이 불러 동네 안통 떠나간 뒤에도
새암가 살구나무에 살구꽃이 몇번인가 피었다 져도
그 여자 다시는 오지 않았다
김생네 떠난 서울보다도 머언 나라로
깜둥이 서방 얻어 갔다고 했다.

먼 저녁

저쪽에서
소주만병만주소
이쪽에서
소주만병만주소

가지고 놀 것 지지리도 없었던 심심한 한낮 동안. 겁없이 말〔言〕 소주를 권커니 잣거니 뒹굴다 보면, 참말인 듯 소주에 벌겋게 취해 저녁 노을이 한바탕 붉어지기도. 소줏빛 해맑은 눈들을 뜨며 초록별빛이 우수수 사무치기도.

열아홉 연자 누부가
곧잘 밤마실 가던 논두렁 사잇길로
해거름녘 밀잠자리 사냥 나서다 보면
정님이네 밀밭 가생이
연애대장 연자 누부의 치마폭만큼
치마폭만큼
애꿎은 밀대는 뭉개져 있고

쬐깐것들이, 쪼막만한 것들이, 저희들이 무얼 안다고. 얼

라리 끌라리 어깻짓도 지랄맞게 출싹이며 오던, 주둥이마
다에는 이제 막 솟아오른 반달 한웅큼씩, 희게 베어물고 돌
아들 왔던.

가난한 골목

마을의 한가운데에 그 골목은 있었다
골목 안쪽엔 높다란 담장과 아름다운 마당을 지닌
고대광실 그 집 이 있었고

흉년의 아버지들이
그곳에 불려갔다 나온 날이면
회당 앞, 고목나무 굽은 등걸 너머로
온 마을의 달빛이 유난히 노오랗곤 하였다

누구나 발소리 죽여 힘들게 들어서곤 했던
그 골목……
그러나 생각해보면 마을에서 제일로
가난한 골목이었고 말고

우리들은 한번도 그 골목 앞에
눈사람을
세워주지 않았다.

光州行

그예 한사코 가난한 지붕들을 너나들이 머리에 이고, 낯익은 누런 얼굴들이 디근 리을 살고 지는 거기. 그 피붙이의 마을에 가까워지면, 어쩜 집집이 저녁 밥솥을 데우던 그리운 시간 곁으로, 먼지 자욱한 그 길 따라가는 길엔 '워따, 환장허겄다.' 등꽃 같은 사투리 넌출도 살가운 가슴녘 온통, 푸져오거라.

회장님 가라사대

읍내 가는 장날이었는디. 상하촌 두 마을 시끌덤벙 어울려서 장길 가는디. 군내버스 탈탈대는 흙먼지 아우성 속에 장딴지 물심 좋은 놈들만 먼저참 뛰어올라 물색으로 자리 잡아 챙겨부렀는디. 더러는 몇몇인가 제자리 비켜서 늙은이들 차지도 되았는디. 서서 가는 중늙은이들도 별 말이 없는디. 예전 버릇, 순사질 끝물이었던 웃뜸 민대머리 양반만 유독 개폼잡는 구시렁거림으로 싹수없는 시절 타박이었는디. 워따메, 그 무신 속창까지 시원해진 어기찬 후렴調 한 소절. "뭣 까고 자빠졌네!"

어느새 뒷전 한자리 은근히 버티고 앉은 아래뜸 농민회장 갑병이 성님이었는디. 그동안 대처에 운동물 먹은 뱃심이었던지 울증이었던지. "긍께로 알고 보면 세상사 이치란 것이 참말로 에누리없는 공평무사한 것이어서, 일찍이 고실고실 마른 자리만 골라 앉아, 제 몸땡이 귀한 줄만 아는 시커먼 버르장머리일수록 말년이나마 되도록 서서 가야 허는 벱이여……" 연배로 치면 한두해 어름 웃질 서기도 하겠지만, 숫제 시비거리로 기어오르는 회장님 서슬 푸르러. 민대굴빡 그 어른네 안절부절 붉은 얼굴로 찍소리도 못해버리고 말았는디.

삼거리, 동부리 이발관 당산나무 정류소에서 팔복이 어른 엉거주춤 차 문 들어서자마자, 득달같이 튀어나온 회장님 가라사대 "아재, 팔뵉이 아재. 여그 내 자리 비었어…… 아따메, 참말로 비어부렀당께로!"

웃마을에도 있었을 이야기 두마당

〈첫마당〉
오동나무
잎 진 달그림자 아래
유독 외따로이 바람 차갑던 그 집
외로 컸던
칠성이

칠성아
너는 아부지가 없응께 을매나 좋으냐
꼴망태기 메고 오면서
웬수 같은 누렁이 새끼
긴긴 해어름토록 풀 뜯기고 오면서
칠성이는 을매나 좋으냐

삼거리 주막길까지 주전자 심부름 가면서
어떤 날은, 지청구 뒤에 매맞고 나온 날은
칠성이는 또 을매나 좋으까
아부지가 없응께

칠성이는 유복자
복이 많은 놈
일찌감치 제 아부지 손에
회초리 한 대도 안 얻어걸린 놈
그러니 칠성이는 을매나 좋으냐
우리들은 지지리도 소갈머리 어려서……

〈두마당〉

할매는, 꼬실이할매는 그랬다네. 인근 삼동 너머에 근력 좋고 입살 좋기로 소문났던 할매도, 화살촉 같은 세월 앞에서는 별 수가 없었다네. 엎어지면 코 닿을 오막살이 문간채, 칙간길 가는 길도 힘들어졌다네. 그리하여 꼬실이할매 이제 요강 위에 앉아서 일을 본다네. 그런 뒤로 할매는 걸핏하면 곁에 대고 강짜부리기 일쑤였다네. “인자, 데꼬 가불면 원이 없겄는디……” 비비 꼬고 뒤트는 등쌀에 식구들만 괜시리 힘들어지고 말았다네.

하루는 그 집 며느리 궁리 끝에 꾀를 냈다네. 읍내 약방에서 가스명수 한 병 사가지고 왔다네. 상표를 떼어내고 할

매한테 건넸다네. "엄니, 요것이 을매나 용헌 약인지 아시오. 가지고 계시다가 엄니가 정말로 가시고 싶은 날이면 암도 모르게 한모금만 허시오. 세상에 소리소문없이 데꼬 가부는 약이라고 안 그러요." 꼬실이 할매 엉거주춤 가스명수 받아 든 뒤로 다시는 그런 소리 입밖에 안 올렸다네. 농짝 속에 숨겨놓고 시침떼는 눈치였다네.

요강에 거둔 당신의 찌린내 풀어, 돼지막 섬돌가에 호박 몇 구뎅이. 마치도 당신 생전의 마지막 일이라도 되는 것처럼, 어렵사리 거두어보던 할매는, 꼬실이할매는, 다 쓰러져가는 칙간채 추레한 지붕 위에, 환한 보름달 몇 덩이 보란 듯이 남겨놓고, 이번에는 참말로 할매 일생의 호젓한 가을길을 스스로 따라나서고 말았더라네. 농짝 깊은 곳의 가스명수병 찾아들고, 그 집 며느리가 한참을 더 "엄니 엄니" 울었더라네.

제 3 부

새벽밥

거기, 남보다 먼저 나서 바삐 닿아야 할
고난의 세월 있으니
찬이슬 속에 깜박이는 잔별빛 어깨에 받고
밥 한 그릇 간다

후루룩 들러마신 물통 같은 밥통 되게 흔들며
밥 한 그릇 서둘러 차운 길 간다.

좋은 꿈

열네살
어쩌면 열다섯살
사무실에 가끔
철가방 들고 나타나는 그에게
장난삼아, 이담에 뭐 할래?

참고서 대신 볼펜 노트 대신
콩물국수 짜장면 그릇 날랜 손 내려놓으며
웃는 눈빛, 식당 차려야주!

그랬느냐, 그놈
꿈 한번 대길이로세
평생 남의 밥을 위해 살아도 좋을
저다지도 좋은 꿈!

저물녘

바람 등지고 서서 어깨 내린 먼지 서로간 등 털어주더니
봇도랑 잔 물결가에 연장 씻는 시늉이다가
씁쓰름히 얽히던 손목 쓰거운 마음 찰박거려와
서로의 손등도 한번 씻어주고
어스름 저물녘 아래 집 찾아 돌아서는
발길 나란한 두 사람……
누가 뭐라고 해도 아직은 건힐 수 없는 청청 별빛의
하늘 아래 또 땅 위에
이 세상의 그 무엇에게도 스스로 당당하여
만종이 어쩌고 가르쳐주었던 양그림 같은 것이야
째비도 댈 수 없게 아름다웠다
알량하게 찧고 까불던 신토불이가 아니더라도
제 하늘의 배경 아래 그 땅의 주인 됨으로
그리운 모색 글썽이는 아직은 이 땅의
저물녘 풍경이 저다지도 굳세게 아름다웠다.

어느 저물녘

날도 찬디 어여 들어가여 그래도 가시는 것은 보고 가야제라 꼬깃거리는 지폐 한닢 한참의 부시럭거림 뒤에 슬그머니 건네줄 때 아니어여 되았어어 화들짝 뿌리치기도 하던 살가운 손사랫짓 곁으로 먼 길 스러져갈 터덜뱅이 헌 차 한대 먼지 둘러쓰고 달려들어 해어름녘 속으로 이내 멀어져갈 때 보이지 않을 순간까지 오래 서성여 키높인 아슬한 손짓 간절히 흔들어주었을 때

그 옆으로
배배 비틀린
조선 소나무 서너 그루
또 그 아래로
가난한 지붕들을 머리에 이고
구부정 돌아서서 오는
그들을 품에 안는
저기 저 영락없는 백성들의 마을.

제비쑥 편지

지난 가을녘께였던가. 코스모스 꽃길 배경삼아 한껏 뽐낸 자세로 찍은 사진. 함께 보내준 네 짤막한 엽신 속에는, 물오른 귀밑볼 언저리. 숙희야, 네 스무살도 활짝 벙글어 보였었구나.

날이 참 좋아 보인다. 어릴적부터 유난히 정갈함 뚝뚝 들었던 네 성미 모르는 바 아니다만, 지금쯤 어디선가 네게로 마음 씀씀이 넓직한 사내 하나…… 그런 일로 너 역시 잠 뒤척여보는 날들 찾아왔거든, 네 첫사랑의 깊은 절실함도 되도록 아름다웁길 바란다.

앞내에 물소리도 시원스럽게 풀려버렸으니, 그럴 일이 아니라 한번 다녀가던지.

용봉탕에서

용봉동, 용봉탕에서
그것에 다시 없다는 용봉탕이 생각나는 용봉탕에서
땟국물이 떠다니는 탕 속에
자라처럼 목을 늘이고 주저앉아 때를 불리면
용봉동의 용봉탕은
시쳇말로 한물 간 목욕탕이어서
용봉동 조무래기들 풋고추 몇 놈
꼬부라진 영감들 몇 사람뿐이어서
용봉동, 용봉탕은 참 이름값도 못하는 탕이었구나
생각도 들지만
낡은 시립아파트 동네
처가 마을 용봉탕에 어쩌다 가면
용봉동—용봉탕—처갓집을 한데 묶어놓고 보면
괜히 웃음기 실실 삔치던
용봉동, 용봉탕에서 때 빼고 나온 날은
걸음도 한결 가뿐하여서
물기 덜 마른 가르마 빗질 위로
해저녁의 용봉동 바람도 괜시리 산들거려서.

조선의 돈

창씨개명한 팔도 언덕의 풀기 잃은 다복솔밭 아래
고개 엎디어 가만가만 손 흔들어주고
물길 산길 건너
가슴 통게통게 떠나 보냈다던
조선의 돈
두리번거리며 언 강 하나 감발친 노심초사로 건너오거든
댓님목에 묻은 밤이슬을 털어주던 숨죽인 봉창의 불빛 아래
은밀하게 은밀하게 건네졌다던
조선의 돈
신새벽 물밥 한 그릇 다급하게 다급하게 우겨넣고 나면
찬바람 속으로 등덜미 떼밀려
허름한 장짐이 되어 헐렁한 변복이 되어
숨어 갔다던 돈
그렇게 더러는 주재소 담장 안에서 곤봉 맞던 돈
왜놈 돈 아니라 양놈 돈 아니라
요즘의 시커먼 비자금 따위로는
견줄 수도 비길 수도 째비도 안되는 돈
그날의 할애비 할미적의 고의춤 샅꼬랑내 묻은

눈물도 콧물도 묻고 고리짝 곰팡내도 덕지덕지 낀
이기고 돌아와 만세 부른 돈.

장해별이

내 친구 중에
키 크고 속없는 놈 장꺼꾸리
밤일, 야간 경비원 장꺼꾸리
한낮의 **해**를 저녁 **별**삼아 사는
장꺼꾸리

마누라 히프짝도 낮에 만나고
자식농사 짓는 일판도 한낮에 벌여서
해별이라 이름 지었다던 장꺼꾸리

꺼꾸리 애비의 마음 일찍 알아차렸던지
첫돌 밥상 위에 연필 먼저 찾아 쥐었던
해별이 앞에서
봐라 봐라, 호들갑떨던 장꺼꾸리
두고 보면 알겠지만
아무리 못되어도 선생질은 나갈 것이라고
아침에 나가 저녁에 돌아오는
면서기는 이룰 것이라고
가슴팍도 얄팍한 놈이 하필이면 제 가슴에 걸고

— 맹세하겠다는데

내 친구 중에, 꺼꾸리 자식 아들 이름은
그래도 제 애비의 성씨와 함께 부르면
누구나 듣기에도 제법 그럴싸한
장해별이.

풍경 아래

오래 전의 그 동네. 그날도 마을에서는 무슨 일인가가 벌어졌다. 밤늦도록 대취한 어른들의 이마를 식히며, 우리들의 스산한 겨우살이에서 봄살이 사이 속을 맵싸한 찬바람이 비껴갔다는, 가뭇한 기억 아래.

며칠 전. 별세계다방의 오봉순이 하나를 앗아간 그 작것이, 어젯밤엔 통장네 월세방의 새댁네를 기웃거렸던가보았다. 네 가구가 함께 쓰는 펌프 새암가에서, 칫솔대를 입에 박은 채 새댁이 거꾸러졌다. 사이렌 불지 않고도 저절로, 민방위 걸리기 일쑤였던 그 동네. 어느 사이 새댁을 들쳐업은 남정들이 뛰었다. 어린것 추스려 안은 날랜 걸음발이 뛰었다. 몸은 안 가고 마음만 낑낑대는 늙은 여자들도 뛰었다. 심심풀이 땅콩삼은 조무래기들까지, 또 몇 놈 뛰었다. 뛰다가, 재중의원 오르막길 위에서 쉿내나는 숨들을 고르면, 통지서도 없이 불쑥 벌어졌던 동네 민방위 날.

명줄은 간신히 이었노라던, 봄쑥닢만큼이나 애잔한 기별. 골목 끝에 와닿자마자 기다렸다는 듯이 서둘러서 술국이 끓었다. 일 없는 날에도 핑계만 생기면 판 벌어지기 일쑤였던 그 동네. 성가신 오지랖 속에 오늘은 마음먹고 애간장 육자배기 한소절씩이 거나하게 피어올랐다. 그러다가 그것은 이내 팔자배기 사설로 얽혀들기도 하여, 서로의 어깨 위에 혼곤히 내려앉기도 하였다.

하루에도 열두번이 넘게 마음 다그쳐 떠나보내곤 했던, 저 지긋지긋한 길목 어름. 그러나 번번이 멱살 잡고 늘어졌던 빈 저녁 하늘가의 노을은 붉어. 고랑 파인 이마들마다 삽시간 물들여주면, 그렇게 하나둘씩 흩어져가는 담뱃집 늦은 전봇대 아래. 지리디지린 또랑물 소리 실개천을 이루고 말았던 동네 민방위 날.

리발 황씨

역전 앞 어깨들도 한수 접어주었다던 옛날 버릇으로
어쩌다 얽힌 팔씨름 장난에도 중팔 고집하던 그였지만
정작 솜씨 부려볼 만한 하이칼라 신사들일랑
사거리 신식 리발소에 길 건너 가고
방위병 사내들의 배코나 밀면서
동네 코맹맹이들 잔머리칼이나 날리면서
어느결 어눌해진 윗녘 사투리엔 칼칼함도 녹슬어
통반장 나으리만 저만치 스쳐가도
저 먼저 일어나서 허리 꾸벅이던 리발 황씨
금 간 세월의 리발소 모퉁이에
막술내 진한 오줌발 한줄기 툴툴 털어놓고
마음 없이 몸만 돌아서서 흥얼거려보는
가거라 삼팔선 한대목 위엔
저물어가는 황혼의 하루가 여전한 막막함인데
속내에 간직한 통고집 보따리 하나 아직 깐깐하여
통반장 나으리들 어지간한 협박에도 아랑곳없이
저번날 대통령 찍으러 가던 길에도
오늘 아침 국회의원 선거 가던 참에도
리발소 유리창에 굽은 등 꼿꼿이 세워 물걸레 걸치고 서서

온전한 나라 보기 전에는
마음에도 없는 그 짓, 내레 상관 없다고……

거리의 藥師

짐자전거 위에 덜렁 한 저녁을 수습하여 일어서면
멀리서도 사람들은 '딱새' 인 그의 면목을 안다

오래 전 이 골목에 굴러들어와
한 평 남짓한 그의 실지를 온전히 차지하기까지
또 얼마나 많은 일들이 앞을 다투다 떠나갔는지!

칼침의 팔뚝 위에 아프게 아로새긴
희미한 무용담의 흔적으로 남은
먹물의 龍대가리 위에
오늘은 왠지 껌자국처럼 눌러붙은
캥거루표 藥 한점이 유난히 짙다.

부여에서

낙화암 난간에 기대어 사진들을 찍었습니다
기념할 것이 많은 나라의 백성이므로
어느 놈은 신라의 밀정처럼 환한 웃음으로
어떤 놈은 소정방의 군사처럼 늠름한 모습으로
낙화암 난간에 느긋이 기대어
폼들 잡으며
찰칵거리며 사진들 잘도 박았습니다

한떼거리 풋것들 잡것들을 싣고
음담패설에 쌓인 유람선이 한 척
그날의 강물 위를 거슬러 올라갑니다
굴욕의 물길 위를 잘도 갑니다
봄날은 그날따라 햇볕도 눈에 부시게
눈물나게 맑았습니다

백마강 후미진 물길을 따라
먼지 낀 차창을 매단 관광버스를 타고
왼날을 달려보아도
부여는 그 어디에도 한주먹도
남아 있지 않았습니다.

이 강산 낙화유수……

1

어쩌다 날아오는 榜文 한 장이면 어김없이 얼굴 내비치는
문중 사람들, 봄기색에 핑계삼은 오늘 모임은
원로에서 저 아래 젊은 축들까지
화순이라 이양면 송석정 강변으로 천렵길 나서기로 했다
옛날 같은 죽창가 한대목으로 분위기 어울릴 때면
눈빛이 젊게 타오르던 K선생은, 그날따라
이 강산 낙화유수…… 귀밑머리 희끗거리고
삼겹살 몇 점에 얹은 소주잔 한 순배 돌아간 뒤끝에
도무지 개판만 같은 요즈음 날들이
흐린 강물과도 같이 마음 울렁거려올 때쯤
물 너머 야산에 입산금지 팻말을 표적삼아
누군가 돌을 던진다
성국이가 호균이가 철송이가 던지고
팔뚝이 가느다란 재종이형까지 던진다
왕년의 투석꾼 자처하는 성국이 놈이
금자에 지자에
제 주먹만한 짱돌 몇 방을 터엉터엉 명중시켜도

금지는 눈 부릅뜨고 끄덕도 않는데

2

물수제비를 뜨는 손 하나
팔매질 대신 물을 가르던 그는
젊은 날 일찍부터 '내가 사랑한 사람과 세상'을 찾아
그리움 많은 이 땅의 산하를 주유했던
퍽이나 눈빛 맑은 시인
그러나 그의 조약돌도 피피피피…… 픽
곤두박질로 곧잘 강심에 잠겨들고 마는데
서둘러 자리들을, 취기들을 털고 일어나
돌아가 써야 할 시들이 첩첩산중으로 남아 있던
그날의 이 강산 낙화유수……

그 겨울의 기억 저편

그 겨울의 어느 기억은 이후로도 오래 내게 선연했다. 일 저물어 돌아가는 늦은 숙소 앞. 저물녘의 비상구 계단 아래 혼자 내려서면, 서편 하늘 밑의 대연병장 철조망 위에, 머언 동경처럼 피어오르던 붉은 저녁 노을은, 언젠가 몰래 삼켰던 노여움의 시구 한소절마냥 아프게 눈을 쑤셔주기도…… 그냥, 생각 없이 모아 잡아보기도 했던 내 힘없는 손아귀 안에, 있는 것은. 마려움이거나 아픔이거나, 풀죽은 그리움이거나, 그런 것들뿐이라고 느껴지기도 하였을 때.

이미 무릎까지 부어오른 다리 한쪽. 쇠침대의 난간 위에 위태롭게 걸어놓고, 수술이 잡혔다고. 남의 일처럼 표정 없이 투덜거렸던 네 다친 몸짓 너머, 찢겨나간 주간지 남아 있던 몇 페이지만큼이나 부피 없이 떠 있기도 했던, 박명의 짧은 햇볕.

또 어쩌다 어렵사리 마주치기도 했던 몇몇이서의 그늘진 담소의 시간. 숨겨온 몇 잔의 깡술에 풀어져서, 누구는 정말로 짐승처럼 컹컹 울부짖어보기도, 또 누군가는 유리창을 박차고 뛰어올라 밤하늘에 총총한 별꽃이 되고 싶기도 했던, 저 막연하고도 잡다한 통분과 비애.

마침내 썩어버린 다리 한쪽. 그는 끝내 화장터 가는 쓰레

기통 속에 내다버리고, 그날도 여전히 늦게까지 내리던 희끗한 눈발 속으로, 마치 후련하기라도 한 것처럼. 서로의 곁을 멀어져갔을 때.

거기. 오래 전부터 낯익었던 내 친근한 얼굴 하나는, 참으로 어이없는 현실의 시간 앞에 일순 마주쳤다가…… 어렵사리 서로에게 내비쳐주었던 메마른 웃음기 너머로, 우리들의 어느 불안한 계절 하나가 아프게 저물어가기도 하였지만, 그 겨울. 그 회색 병동의 창문 밖으로는 또 곧잘 눈이 쌓이고.

※ 지금은 희미해진 幻의 추억 같은…… 우리들의 푸른 스무살의 입구. 그때 나는 어느 군인병원 '영양과'에서 한동안 환자들의 밥을 지었다. 그날따라 늦게 도착한 후송 환자들의 저녁식사 대열 속에서, 그와 나는 잠시 눈길이 마주쳤다. 언젠가 눈이 내리는 병동의 창문가에서, 그는 이제 성한 다리 한쪽만으로 돌아가야 할, 우리들 어린 날의 고향을 우울한 눈빛으로 떠올려주었다.

詩는 쓰러지거라

희미한 옛 사랑처럼…… 막다른 골목의 저녁 노을처럼…… 한시절은 그렇게 스러져갔노라고…… 시대의 사랑법도 바뀌었노라고…… 고상한 뒤폼들을 마음껏 구가하며…… 누군가는 새로운 공법의 비급을 좇아…… 오리무중의 장난질을 닮은…… 안개의 서정 너머로…… 홀연히 잠적하였거나, 등돌아 나섰더라도…… 그래도 너의 시는…… 깍두기 한 사발과 콩나물 한 접시…… 뽀얗게 김이 서린 옹배기를 내려놓고 가던…… 국밥집…… 늙은 주인의 손길 아래…… 죽은 살코기와 허연 뼷국물이 이루어놓은…… 혼곤한 국물 속으로……

시방 · 여기 · 이곳과 더불어
힘없는 · 버림받은 · 죽어가는 · 온갖 것들과
더더욱 더불어

덜 삭은 김치가닥이 엉겨붙은…… 토사물 질펀한 공중변소 앞에서……그 변소 오물을 치우는 물바랜 새마을 모자…… 김씨나 박씨 곁에서…… 그들의 왜소하고 쓰라린 등덜미 뒤에서…… 시는 쓰러지거라…… 그곳에서 다시 일

어서거라…… 아니, 아니…… 코를 처박고 엎어져 뒹굴기
도 하거라……

제 4 부

들쑥 향내는 바람에 날리고

누야는 막내를 업고 나는 새참 보퉁이 마을은 벌써 등 너머서 끝이나 山入의 탱자나무 길 고적한 울타리가엔 누군가 흘려놓고간 상여꽃…… 하얀…… 상여꽃……

어디선가 들쑥 향내는 바람에 날리고

미영꽃 하얀 미영밭 속에 할매는 영락없는 한 송이 미영꽃 엄니는 흙 묻은 젖무덤 열어 엉거주춤 뒤태 돌아앉으면 우리 식구 그 산발머리

어디선가 들쑥 향내는 바람에 날리고

한 삼년 미영농사 벌어 이불 세 벌 짓고 나면 누야는 三十里길 시집가는 길 꽃처럼 그 길 위에 흘려놓고 간 손수건…… 하얀…… 손수건……

어디선가 들쑥 향내는 바람에 날리고

저녁눈

강설 깊은 처마 아래 한 등 마음의 紙燈 아래 희미한 옛 시인의 그림자 아무개를 듣노라면 그가 부르다 간 여백 많은 노래 희디흰 투혼 속으로 우리들 머나먼 고향의 끄트머리쯤 시방도 그치지 않고 흘러가던 치운 밤 강물소리 쇠죽가마라도 끓일 듯이 눈발 붐비던 삼동 깊은 某日 쓸쓸한 회억 곁으론 구들 낮은 아랫목 병상의 우리 어머니 야윈 목줄에 캄캄히 걸리던 금계랍 한 알의 쓰디씀도 떠올려주던 龍來의 저녁눈.

서울의 외가

등피 가냘픈 울엄니 치마폭에 묻어가다 거기 이르면 여적 화약내 비릿하다던 여시굴 수리봉 아래 외가 마당 철늦은 감낭구 짓무른 홍시빛으로 남면 용리 마을의 저녁 하늘은 그 옛날 반란군 작은외할배 허리 꺾인 뜻처럼 붉어 심상찮은 이바구거리도 하나 건네는 듯싶더니 역마로 떠돈 외할아버지 소삽한 날들의 울화 뻗치어 홍어 창시가 된 우리 외할머니 야수쟁이 말년 앞서 마감터니 파산의 그 집 마포 대교 가파른 언덕배기 아래 공장 가시내들 살양말이나 대어보던 양품점 외숙모 곁에 겉도는 세월의 삼촌 눈빛은 서울 와서도 여태 두 자 세 치나 깊고.

어떤 輓詞

매양, 웃돌 빼내어 아랫돌 괴어보던 무참한 방책으로, 빚으로 빚 가려보는 일 넌덜머리났던 한 생애. 마침내 공수거의 그 사람 저만치 갑니다. 학생 아무개, 일흔 남짓의 지지리도 잘났던 날들 가뭇이 멀어져갑니다. 그나마 울음 부조라도 보태주던 이 더러 있어, 훌쩍이는 눈물 속에 갑니다. 가는 이의 뒷모습일랑 너나들이 애잔했던지, 어화 넘자! 어화 넘…… 후렴조에 실어, 그래 이 사람아, 후생이나마 다시 보거든, 기왕지사 고래등 와가에서 나서, 호강 한번 누리소. 꼬옥 한번 그리 하소.

아부지, 전생의 고래심줄 같은 고리채 끌텅, 예 와서 다 물고 가셨는지요.

시젯날

지지리도 머얼던
산길
투덜거림으로 따라 나섰던
풀길
억새풀, 억새풀 머릿결들은
내 어린 허리 위까지 휘감아오던
이슬길

집집의 대문이, 이야기책에서처럼 그렇게 일시에 열려주었던 종가의 골목 안통. 왠지 낯설기도 했었던 풍경 너머, 저분네가 長어른시고. 꼬장꼬장 애늙은 쥐수염의 저이가 당숙이고…… 그 아래로 또 육촌들이고…… 한참을 따라 배우고 나면, 무어라 꼬집을 수도 없이 어린 마음 가득 차올랐던 핏줄의 훈김은

그날, 작파당하고 왔던
학교보다도 선생님보다도 깊게
한 아침의 먼 길 끝에 이르러
눈시울 뜨거워졌던.

한 새벽 창문 너머

불구멍가운데새끼줄을꿴연탄두장달랑거리며
얼음꽃이으득으득밟히던개똥진창길거슬러오다보면
아침끼니부실한빈속의누이가
가녀린뒤태흘리며머언학교길을가던새벽이
삶도詩도아니되어죽도밥도아니되어
궁리없이빠져나온편의점탁자의창문너머로
어쩌다벌써추억을홀로안주삼게된
내세월의흐린가등아래쓸쓸한골목저쪽을
또박또박길건너오던것이라니
귀밑머리를나풀거리며멀어져가던것이라니
저한새벽의창문너머로
하루낮하룻밤을지탱하기위하여
내가달랑거리고왔던낱장의연탄두장이
식구들의노오란생계아래간신히밑불을지펴주었던
한폭의검은세한도는아직펄럭이던것이라니
마른등어깨너머서늘함은또한참을일고가던것이라니.

그 길

성긴 머리칼 교복차림으로
한 아이가 뒤따르는데요
그 아이의 아버지가 앞섰는데요
그때만 해도
아버지의 흰 고무신 뒤축에서는
성성한 기운 넉넉하게 배어 있어서
선산 앞 뽕나무 밭길 다 이를 때까지
보폭 넓은 발자국 뒤로
하얗게 흙먼지 휘날려주었는데요
서슬에 밭두렁 풀길 언저리에서는
키작은 들쑥 몇 잎이 뭉그러지기들도 하였는데요

이번엔, 아버지 뒤에 세우고 그 길을 가는데요
벌써부터 흐트러진 뺏센 숨소리 하나
앞서가는 아이 귓전에 송곳으로 와 박히기도 하여
돌아보면은, 거기
아버지의 헐렁해진 두루마기 자락
때묻은 동정깃 위에
누우렇게 빛이 바랜 누군가의 세월이

노을처럼 애잔하게 물들어 있기도 하였는데요

언제부턴가
그 길 위를
옛날의 그 아이는 혼자 가야 하는데요.

희재의 처녀작

여섯살, 유치원 시절의 네 일기로 온 식구 방바닥 뒹굴었던 날. 아빠는 마음 한구석 찔려왔구나. 아버님 느닷없이 세상 뜨시고, 밤잠 설치시던 어머님 곁에 허전함 덜어드렸으면 싶어. 너를 한번 떼어놓았더니, 너는 그것이 자꾸만 못마땅한 기색이어서, 한번은 아무도 모르게 매를 들었던 생각. 그러고 보니 아내는 그 무렵, 헐한 생계의 한귀퉁일 끌고 나가 하루종일 가게를 열었고……

〈나 엄마가 미
어다 매날 가게 나가
고 나 할머니가
미어다 정말정말
미어다
할머니 대
문에 아빠하대
매마고
엄마방
에스자지
도모하고

정말정말 미어다〉

이 기상천외한 난수표를 저에게 읽히니, "나 엄마가 미웠다/맨날 가게 나가고/나 할머니가 미웠다/정말정말 미웠다/할머니 때문에 아빠한테 매맞고/엄마방에서 자지도 못하고/정말정말 미웠다"는 식의 해독이었다.

그때 그렇게도 할머니가 밉더냐? 이제는 제법 눈치코치 다 여물어서, 할머니 안색부터 살피고 보는 저 교활함도 요망했구나. 힘들게 그려놓았을 네 미움의 시를, 온 식구 요절복통으로 웃음삼아 읽고 말았으니, 아무래도 네 처녀작은 실패인 것 같았는데. /에스자지/도모하고/ 일찍부터 4·4조 익힌 우리집 어린 여류 시인아. 웃다가 울다가 서로의 눈가에 비치던 희미한 물기 너머로. 네게서 비롯한 식구들의 한 저녁이 제법 글썽였으니, 네 처녀작은 제법 문제작에 가까웠구나.

희재의 첫길

오래 전의 내가, 가슴에 쪽빛 손수건을 달고 갔던 그 길. 필경, 너는 처음으로 나서는 이 길 위에서, 이후로도 오래 오가야 할 그 다정한 길목의 돌멩이 하나에도, 새로운 눈이 트일 것이어서, 가슴엔 듯 하나 가득 바람이 붐빌 것이어서……

하늘 맑은 날이거든 노래 배우고 오렴. 합창으로 삼중창으로 목소리 높이다보면, 어우러진 계명 속으로 물소리 새소리 푸르름 들 때까지.

하루에 한 시간쯤은 그림 그리는 시간이어서, 너희들의 미쁜 손길 아래 태어나는, 키 작은 풀꽃 그림들. 선생님은 그 꽃잎 흔드는 실바람도 되어주시길……

노을빛 고운 찻길을 따라, 먼 곳의 그리움도 하나 익혀보고 오렴. 창호문이 낯익은 작은 마을에도 들렀다가, 거기. 지금은 잊혀져 사라져버린 고향이라는 낱말도 하나 공책에 적어보고. 초저녁 실눈을 뜨는 별자리도 촘촘히 헤어보다가, 김 은하수야, 박 북극성아. 이름들도 떠들썩 친구 삼아 불러보면, 학교는 너희들의 설레임 많은 어깨 위에. 그 저녁 이슬 내린 풀밭도 되어주시길……

그리움

원수보다도 용서보다도
깊은 것
흉몽의 긴 밤을 허우적거리다가
뒤척이며 깨어난 새벽녘에
이마 위에 푸릇푸릇 돋친
소름과 같이
온몸으로 으스스 들던
한기와 같이
그렇게 차고 맑은 것!
독약보다도 더 어둡고
쓰라린 것.

그 花燈

어깨를 대고 걸으며
우리 내외의 발걸음이 마치도 · 마치도 · 마치도
오랜만의 귀향길 같던 날
(나는 또 이날을 오래 기억할 것 같았던……)
막내 처남 빌려주어 달디달게 소용되었던 것
(물 같고 · 공기 같고 · 햇볕과도 같았던……)
약속보다 훨씬 때 넘긴 뒤에야
빚 갚으러 가던 날
아내는 서점에 들러 책 한 권 골랐습니다

원금에 얹어 온 『우리 꽃 백 가지』 주고받으며
처남네 아파트 좁은 마루에
때아닌 꽃잎
몇 송이 피어올랐습니다
어쩜 도라지꽃 두 송이처럼 핀
처남 내외 곁에서
어쩜 채송화꽃 두 송이처럼 따라 핀
우리 내외 모습도 모처럼 정답게 어울렸습니다

처남네 아파트 골목 외진 가로등 아래서
뒤처져 오던 한 여자 구부정 기다리고 섰다가
갈비뼈 아래 옴팍 들어간 허리께로
모처럼 그럴싸하게 손길 주어보았는데
돌아다보는 처남네 공중에 매달린 창틀가에
그때까지 누군가의 꽃등 한 등은
우리 내외 가는 앞길 비춰주고 있었습니다
못 잊힌 듯 깜박깜박 비춰주고 있었습니다.

그 꽃밭 속

이른 저녁 푸른 바람 속 그 자리였던가요
우물 앞 평상 위에 동그랗게 피었던가요
단내음 물씬했던 속살 한입씩 베어물면
입술들은 다투어서 꽃술로 붉었던가요
때맞추어 지붕 위로 달꽃 덩달아 환해오면
싸리울 담장 가득 별꽃들도 뒤질세라 두세거렸던가요

그 꽃밭 속, 오물고물 이빨 없는 할미꽃 한 송이
희끗해진 울 아부지 주름꽃 또 한 송이
귀밑머리가 서늘해진 울엄니 그늘꽃의
꽃그늘 아래
누이들 사춘의 분홍물 가슴 위로
연한 수박향의 목덜미 근처 눈길 가닿고 나면

그 꽃밭 속
내 이름도 한 송이 꽃이름이고 싶었던가요
먼 길 휘돌아 날고픈 큼직한 날개의 꽃잎 한 장
가슴엔 듯 품었던가요

그 꽃밭 속, 우물가 평상 위로
한 저녁의 식구들 동그랗게 둘러 앉아
영락없는 제 모습만큼씩 오종종 맺혀 있던 거……
꽃잎들은, 바람결에 제 향기로 일렁였던가요
꽃잎들은, 서로에게 동그랗게 벙글어도 주었던가요.

세월의, 저녁 한때

형제는 모처럼 만나 그동안의 심심한 안부를 묻고 자리를 옮겨 변두리 식당 안에 마주보고 앉아 밥을 먹고(— 그러고 보니 얼마만이냐)

어린놈이 벌써 귀밑머리가 볼 만하구나 무심코 던진 형님의 한 말씀 뒤에서 아우는 벌써 정색이 되고 말허리를 분지르고 나서고 덜 씹힌 밥알을 담은 그놈의 입에서 '세월'이라는 매큼시큼한 단어 하나가 눈깔을 부라리며 튀어나오고

형제는 밥집을 나와 길을 갈리고 그날따라 언제나처럼 제 집 찾아 나서는 길이 형의 발걸음 왠지 아득하고 중간어름의 어디께에 그저 또 한참을 생각 없이 서성여보면 지나온 길 저만치로 이마께 서늘한 바람 불고

아우놈도 지금쯤 조카가 하루종일 마룻장을 쿵쿵 울려대다가 오늘도 꼭 그만큼 제 키를 늘여놓고 잠에 들었을 제 집 앞에 다다랐을 것이고

형제여 그러고 보니 너희들은 흔해빠진 일취월장은커녕 겨우 제 집 앞의 담장들이나 눈치 죽여 넘어왔느나

형도 이제 안간힘을 다하여 하다못해 그 무슨 풍경이라

도 하나 눈깔 아프게 사랑할 때가 아니겠냐고 밥알을 튀기던 아우놈의 喝 같은 '세월'이 그늘 실팍하게 어두워진 담벼락 너머로 가슴에 어리고.

木浦가 흔해진 모양이다

그곳에 무슨 고래등을 닮은
커다란 꿈이 있어서 가는 길은 당연히 아니다
녹슨 철다리, 몇개의 교량들을 건너고
심심하게 늙어가는 길가의 가로수들을 지나치다 보면
사람들은 왜 기를 쓰고 목포에 가는지
어쩌면 목포를 향해 길게 누워 있는 길들이,
저희들이 먼저 궁금해하기도 하는 눈치다
그러니 내가 실패한(축축해진) 문서 한닢을 서류봉투에 담고 가
역전 앞의 카바이드 불빛 아래에서 혹은
갓바위 어디쯤의 해풍 속에서
오징어처럼 꼬들꼬들하게 말려온 기억도 딱히 없다
주말의 도로에는 차들이 더욱 밀리고
딱지를 떼는 교통순경이, 이 달에만 벌써 일곱 명씩이나
이 길 위에서 죽어갔다고……
입술에 침 한방울도 바르지 않고
건조하게 일러주고 돌아서기도 한다

그러고 보니, 나도 올해에만 일곱번도 넘게
목포에 다녀왔다

때로는 그 무릎 연골의 삭풍 같은 것으로
그저 목포에나 한번 다녀오자고, 길을 나서기도 하는 것이겠지만
그렇다고 돌아오는 걸음의 동통 한매듭이
시원하게 풀려나간 기억도 물론 없다
그러나 왠지 요즘 들어, 도처에 목포가 널려 있는 모양이다
아무데서나 불쑥불쑥 길이 막힌다.

강천사는 거기 있어

그 무슨 기웃거림, 심심파적삼아
에 왔느냐고?
강천의 계곡 물소리가
강강한 몸소리 지르며 흘러간다

비린 욕망의 우리 날들을 안다는 듯이……

—기왕이면 씻고 가라고
—벗고 가라고
자귀나무 잎새에 일던 바람엔 듯
풍경엔 듯
강천사는 거기 있어

제 품안의 계류삼아
자꾸만 戒 같은 물소리 일러준다.

해설

퇴락한 시골 마을의 쓸쓸하고 아름다운 이야기들

고 재 종

새로운 천년을 목전에 둔 세기말, 정윤천의 시를 읽다보니 곤혹스러움이 앞선다. 그것도 시의 내용과 형식 모두에서 느껴지는 곤혹스러움이다.

우선 그가 추구하는 시의 세계는 "늙은 호적계 직원이 무심한 습관의 손길로 복사기를" 켜선 "누군가의 생년월일을 간단히 폐기해주"는 (「풍경은, 옛 연못을 지웠을지라도」) 퇴락한 시골 마을의 쓸쓸하고도 아름다운 이야기들이다. 얼마 전 『집은 아직 따뜻하다』라는 시집을 내서 호평을 받은 바 있는 이상국의 시구 대로라면 "천년이 가고 다시 남은 세월이/몇번이나 세상을 뒤엎었음에도/흐르는 물에 발을 담근 농가 몇채는/아직 面山하고 용맹정진"(「禪林院址에 가서」) 하고 있는 그런 세계를 그리고 있는 셈이다.

하지만 정윤천의 사양(斜陽)의 그리움이건, 이상국의 끈덕진 희망이건 간에 누천년을 면면히 이어온 자연과 농민의 조화 일치로 이루어지던 그 세계는 하필이면 이 당대에 와서 거의 완전하게 무너지고 있다.

정윤천도 그걸 잘 알아서 시절이 됐어도 더이상 살구꽃이 피지 않고 "하루에도 수십 종의 새와 나비와 풀꽃의 이름들이, 이 지상에서 영원히 소풍을(오싹하여라!) 떠나버리고" 마는 마을에 "우리가 궁여지책으로 생각해낸 듯싶은 쓸쓸한 安樂死(마지막으로 노래나 한곡 땡기고 돌아들 가시자던……!)의 서글픈 방법론"(「노래방 가는 길」) 같은 노래방이나 속속 들어서는 걸 야유하고, "앵두나무 우물가 옛 그늘 아래 (중략) 흙강아지 땅강아지 시절의 옛 그늘 아래" 오늘은 "볼썽사나운 물건 하나", 곧 "ㅇㅇㅇ컨트리 클럽(100M)"(「앵두나무 그늘 아래」)라는 골프장 가는 길의 표지나 세워진 현실을 비아냥거린다.

그럼에도 그는 그런 현장을 떠나지 않는다. 필자는 그에게 기회 있을 때마다 앞으로 고통스러울 그의 시의 역정을 생각해서 "그놈의 두엄내나는 이야기 그만 좀 할 수 없느냐?"고 말하곤 했었다. 그러나 그는 묵묵했다. 생각해보니 그는 2,30대 젊은 온 날들을 시골 보건소에서 근무하며 농민들의 산아제한이나 성병예방 교육으로 마을마을, 집집을 떠돌았다. 그런 체험이 이미 그의 시의 바탕과 체질과 미래가 되어버린 것이다.

그러기에 그의 시에는 위와 같이 노래방이나 골프장만 들어서는 농촌현실을 비판하는 것뿐만이 아니라, 「풍경 아래」나 「봄밤」에서처럼 "저기 저 어지럼증 도는 지랄 같은 천지간의 기색"으로 표현된 봄의 도래에 발동이 걸린 땅사람들의 춘정(春精)에 관한 얘기도 나오며, 「만술이」나 「회장님 가라사대」나 「리발 황씨」에서처럼 어느 시골엘 가나 꼭 그 마을에 동네우물이 있는 것처럼이나 존재하는 걸쭉하고, 호방하고, 농지거리를 잘하기 때문에 어쩌면 희화화된 인물들이 전형성을 띠고 많이 등장한다. 그런가 하면 「벌레 먹은 집 」에서처럼 사그러져가는 늙은 양주의 집을 사실적인 묘사에다 뭉클한 서정을 가미하여

흐르는 세월의 육체로 사무치게 그려내기도 하며 다음의 시 「어떤 輓詞」처럼 그 늙은이들의 죽음을 처연하게 잡아내기도 한다.

> 매양, 웃돌 빼내어 아랫돌 괴어보던 무참한 방책으로, 빚으로 빚 가려보는 일 넌덜머리났던 한 생애. 마침내 공수거의 그 사람 저만치 갑니다. 학생 아무개, 일흔 남짓의 지지리도 잘났던 날들 가뭇이 멀어져갑니다. 그나마 울음 부조라도 보태주던 이 더러 있어, 훌쩍이는 눈물 속에 갑니다. 가는 이의 뒷모습일랑 너나들이 애잔했던지, 어화 넘자! 어화 넘…… 후렴조에 실어, 그래 이 사람아, 후생이나마 다시 보거든, 기왕지사 고래등 와가에서 나서, 호강 한번 누리소. 꼬옥 한번 그리 하소.// 아부지, 전생의 고래심줄 같은 고리채 끌텅, 예 와서 다 물고 가셨는지요.

어느 촌노가 그랬다던가. 나 죽거던 화장을 해서 그 뼛가루랑은 바람 속에 흩뿌려 달라고. 그리하여 일평생 땅으로나 허리 굽혀 살아온 생애, 이제 바람 타고 이 나라 산천경개를 죄다 구경하고 싶다고. 또 어느 노인은 그랬다던가. 나 일평생 땅 파먹고 살았느니, 나 이제 땅의 밥이 되는 것이 옳은 일이라고. 그러니 이제 죽어도 결코 여한이 없는 일이라고.

오죽 생에 포원이 졌으면 그런 말을 했겠는가. 또 오죽 생이 고통이었으면 차라리 죽음을 쉽게 수긍했겠는가. 정윤천은 그런 포원과 고통으로 일그러진 농투성이의 삶을 빚으로 빚 가리다 간 생애라고 정의한다. 그러고는 이제 후생이나마 보거든 그곳에선 고래등 와가에 나서 호강 한번 꼭 누리라며 명복을 빈

다. 그러고 보면 이 시는 죽음에 대한 어떤 특별한 철학적 인식을 보여주기보단 농부들의 체험적 언술을 통해 그들의 한과 비극을 선연하게 드러내 보인다. 특히나 이 시에서 "울음 부조"라든가 "전생의 고래심줄 같은 고리채 끌텅"이라는 신명나는 표현들은 정윤천이 아니면 누구도 표현할 수 없는 것으로 아버지로 대변되는 이 땅 농민들의 죽음에 대한 만사(輓詞)를 바치는데 적절한 이바지를 한다.

그런데 이런 참절(慘絶)의 현실에 지쳤는지 정윤천은 이 시집의 많은 분량을 과거의 아름다운 시절에 대한 회상에 바친다.

> 거기 한때는 우리들 마음 안의 지붕 높은 사원이 한 채 우뚝 서 있던 자리. 관사의 뒤뜰 은행나무 노오란 가을잎들 너머로, 밤새 암기한 데미안 몇 구절을, 머얼리…… 보내놓고…… 오다가…… 길섶의 느티나무 가지 위에 새 한 마리. 늘상 그 자리에서 지저귀고는 했었던 새를 마치 처음이기라도 한 것처럼, 새로운 눈빛을 뜨고 바라보게도 하여주었던 아름다운 幻視의 한순간 위로.
>
> 그때 마침. 황혼의 엷은 노을이 서늘하게 비껴가던 시간의 그늘 밑으로, 빨간 자전거들 반짝이는 은륜의 바퀴살들을 간지르며, 은행나무 노오란 가을잎들이. 한차례 투명한 손뼉소리로 날아오르며 빈 가로의 저녁 무렵을, 휩쓸고 가기라도 한다면. 일순, 우리들 모오든 상처의 그림자들이, 우와! 한꺼번에 빛을 발하며 탄성처럼 반짝여주기도 하였던 것을,
>
> —「길 너머」 부분

이와 같이 황혼을 나는 노오란 은행잎과 그 밑을 지르는 빨간 자전거의 은륜처럼 반짝이던 아름다운 과거는 「흰 길이 떠올랐다」에선 "빛나는 이마를 가진 소년이 하나. 이제 막 맨발의 푸른 길"로 나타나고, 「상사, 그 광휘로움에 대하여」에선 "끝내는 혼자만의 화농으로 벌겋게 익었다가 가뭇없이 져야 했던, 만개한 마음 꽃 한 송이"로 피어나기도 하며 「떡갈나무 등불」에선 "동구 앞의 키 큰 떡갈나무 한 그루. 푸른 잎새로 일렁이는 그리운 등불"로 오연히 돋아오르기도 한다. 하지만,

> 그 둑방길 둘레에서 일어났던 누구누구의 춘정에 얽힌 뒷소리들은, 한동안 이 거리의 은밀한 풍문이 되어 흘러다니기도 하였지만. 복사기에 찍혀나온 등본. 허망한 墨寫 위에는 꽃물 든 옛이야기 어느 사연도 남아 있지 않았지.
>
> —「풍경은, 옛 연못을 지웠을지라도」 부분

라는 표현에서처럼 필경은 면사무소의 호적계에서 복사기의 허망한 '묵사(墨寫)'로나 검게 사라져버릴 옛 추억에 정윤천이 그렇게 연연해하는 것은 무엇 때문인가. 물론 앞에서 예시한 대로 그의 시가 근대적 삶의 조건 속에서 살고 있는 자신의 현재적 삶의 모습을 많이 얘기하지 않는 건 아니지만 그보다는 전근대적 공동체 속에서 개인이 일체감을 가지고 살아가던 모습을 그린 것들이 시적으로 더 성공을 거두고 있는 것은 짚고 넘어가야 할 문제이다.

이에 대한 해답으론 김재용이 『백석전집』(실천문학사 1997)을 엮어내며 후미에 부친 해설 「근대인의 고향 상실과 유토피아의 염원」이 어느 정도 참고될 듯하다.

김재용은 일제하 백석의 문학을 근대인의 고독의식에 대응한 민속적 상상력의 추구로 보고, 또 하나 백석의 언어는 탈중앙집권과 민중언어를 지향하고 있음을 논파해낸다. 김재용이 일제하의 백석 시를 논파하며 전개한 위의 두 가지 논점을 정윤천에 대입해보아도 결코 무리는 아니리라. 정윤천이야말로 더더욱 자본문명과 개인주의가 극대화한 20세기의 최후를 살며 이에 대한 시적 긴장으로 과거 농촌공동체에 대한 회억에 사로잡혀 있고, 정윤천이야말로 더더욱 농촌지방이라곤 씨알머리조차도 말살해버리는 중앙집권의 모진 현실 속에서 살며 구체적 삶과 현실의 언어인 방언을 끝까지 부여잡고 있기 때문이다.

그런 농촌 이야기의 한계를 이미 체득하고 있는 필자는 고향 농촌 문제를 자연과 생명의 문제로 확대해가며 시의 타개책을 꾀하고 있는 바, 그러고도 가난하고 외롭고 참으로 참절의 소외를 받고 있는 이 농촌과 생태문제에 지치면 때로 무척 술에 절어 가끔씩 이미지를 구기기도 하는데, 정윤천은 도대체 묵묵한 황소처럼이나 옛이야기를 해대는 데 지치지도 않고, 다른 걸 엿보려고도 하지 않고, 술도 결코 입에 대지 않고, 구차한 생활에 좌절하지 않으며, 늘 허허허 웃으며, 그 큰 거구를 뚜벅거리며 오늘도 잘 살고 있다.

정윤천의 시세계가 최첨단 문명과 자본에 푹 빠진 오늘의 독자들에게 심한 곤혹스러움을 줄지라도 그것이 그의 생체험에 바탕해 있고 또한 그 나름대로의 시적 의식의 발현일진대 그렇다면 그것은 그의 시적 진실이다. 이에 대해서 왈가왈부할 게 아니라 그의 고군분투를 오히려 격려해주어야 하리라.

하지만 정윤천 시의 곤혹스러움이 형식에까지 이어질 땐 독자들도 한마디 할 수 있으리라. 그의 시는 대개가 이야기가 있는 산문시이고 설령 행갈이가 있는 시일지라도 그 속엔 항상 이야기가 들어 있다. 한데 산문시에도 분명코 운율이 존재하기 마련이어서 리듬감 있게 읽혀야 하는데 그의 시는 가시와 잡풀과 푸나무와 넝쿨들이 얼기설기 엉켜 있어 한번 거기에 발이 빠지면 무척이나 애를 먹게 하는 가시덤불처럼 온갖 것이 엉켜 있다. 90년대 젊은 시인들에게 광범하게 번지고 있는 시의 산문화 경향이 정윤천에게도 우려할 만하게 나타나고 있는 셈인데, 이것은 세상의 복잡다단함을 표현하려는 한 의지이기도 하겠지만 그럴수록 선명한 영상(映像)이 살아오고 리듬감이 충실한 작품이 훨씬 더 요구되는 게 아닐까.

그 뿐만이 아니다. 그는 시적 표현에 있어서 더 많은 문제를 노정하고 있다. 문장의 의미가 통하지도 않는데 아무데서나 말을 툭툭 끊어버리고, 반면 정상적인 호흡 같으면 벌써 다섯번 정도는 끊어야 할 문장을 끊지 않고 지리하게 이어가기를 반복한다. 또 쉽표(,) 말줄임표(…) 등 각종 부호의 과다한 사용에다 제목 밑의 작은 글씨로 된 지문 그리고 「웃마을에도 있었을 이야기 두마당」이란 시처럼 비문에다 왠지 작위적인 제목이나 문장들과 또한 무엇보다도 정리되지 않은 전라도 방언들과 낯 붉히게 하는 속어와 은어들이 시에서마다 출몰하고 있다.

마치 조각가가 조각을 해놓고 마무리질을 안한 것 같다. 일차적으로는 그렇게 보지만 그러나 그건 그의 실험의식에 익숙치 못한 필자의 부족한 감식안 탓인지도 모른다. 그에게는 매우 절실하지만 아무래도 고리타분한 옛이야기를 새롭게 하려다 보니 (더구나 80년대 민중시의 병폐를 잘 알고 있는 그이므로) 실험의식이 필요했고, 그러다 보니 온갖 기교를 동원하는 게 아닌가 하는 생각이 든다.

하지만 다음의 시를 보자.

> 내게도 그렇게 흰 길이 하나 떠올랐다(흐릿한 길……), 혹시 그 여자들은(늙은 여류 한담가와 어머니), 제각기 혼신의 힘으로, 자신의 옛날 사진 한닢과 손바닥만한 헝겊조각들 속에서, 어느 여름날의(혹은 사무치게 은성했던 날의) 숲길 앞에 이르는 그런 푸르름의 길 모서리를, 글썽한 눈매로 떠올려 보고 있었던 것은?
>
> 아니었는지도 모르겠다며, 내게도 흰 길이 떠올랐다. 거기 가뭇한 유년의 강둑(―강변)을 지나, 그 미루나무 숲길 위를 아무렇게나 배회했던, 빛나는 이마를 가진 소년이 하나, 이제 막 맨발의 푸른 길 너머로 길게 이어진 희미한 배경 속에서, 마치도 생시처럼 아프게 어려주었다.
>
> ―「흰 길이 떠올랐다」 부분

이 시는 월간 『현대시』에 발표된 원고인데 이번 시집에선 몇 군데가 개작이 되었다. 발표 때의 원고를 그대로 제시한 것은 이 시를 두고 김정란이 90년대 민중시의 내면화 경향의 좋은 예로 극찬을 아끼지 않았기 때문이다.

김정란의 평론(『현대시』 1999년 1월호)은 이 시를 너무도 섬세하고 명쾌하게 분석해주었는 바, 한 편의 시가 좋은 평론가의 손길을 만나면 이렇게도 깊고 풍성해질 수 있구나 하는 생각과 함께 시인의 실험의식이 필자의 우려와는 반대로 꽤나 성공적으로 진행되고 있다는 것을 알게 한다.

특히나 이 시 1,2 연에서 전혀 암시가 없었던 "흰 길"이 인용

한 3연에서 느닷없이 떠올라 시 읽기가 참으로 난감했는데 이 흰 길을 "유년의 길이기도 하고 미래의 길이기도 할, '흰', 비어 있는, 있기도 하고 없기도 한, 부재와 존재 사이의 '흐릿한' 길"로 명명해내며 "시인은 그 길에 관해서 말하면서, 섬세하게, 물질적인, 명확한 이성적 규정성을 타자성의 안개로 문지른다. '흰 길' 옆에 괄호로 처리한 (흐릿한 길……)의 말없음표의 섬세한 유예를 보아라"고 탄복하는 등 그의 언어 사용의 명민함과 시적 전략에 대해 칭찬을 거듭한다.

김정란의 평론을 거론한 것은 어쩌면 정윤천의 형식 실험과 그에 대한 평론가의 명쾌한 분석으로 인해, 선명한 묘사와 정제된 사유에 의한 진술을 좋아하는 필자의 미적 감식안을 어느 정도 수정할 필요성을 느낀 때문이기도 하다.

그러기에 정윤천의 시형식에서 느꼈던 혼란스러움은 오히려 존중해주어야 할 필요성이 있기도 하다. 어쩌면 근대 이성으로 규정되고 해석된 세계는 안개 속에 가려진 듯한 세계의 풍성함을 오히려 축소해버렸는지도 모른다. 정윤천은 시형식의 혼란스런 표현을 통해 국가경쟁력이라는 전가의 보도 같은 걸로 농촌, 농민을 일거에 압살해버리고자 하는 근대 문명의 비정함을 문질러버리고, 그 너머의 세계에 가닿고자 하는지도 모르는 것이다.

물론 그 너머의 세계란, 희거나 푸르거나 하는 몽롱한 안개 같은 것에 감추어진 비의로 가득찬 어릴 적 고향, 가난 자체가 하등에 죄가 되지 않고 가난함으로 되레 이웃이 서로서로 한마음이 되어 공동체를 꾸려가는 정의(情誼)의 고향을 말함이리라. 아무리 세상이 자본과 문명으로 개탕칠이 된다 해도 사람은 결국 위로는 한울님과 그 속으로는 자연과 조화를 이루며 꿋꿋한

노동으로서 생을 꾸려가는 것. 그리하여 삶과 세계의 신성성을 끝까지라도 회복시키려 하는 사람들에 대한 꿈을 그는 되레 곤혹스럽고 혼란스런 언어와 시적 형식으로 표현해내려는 것이다.

사실 정윤천의 시에서 일정 정도의 성공을 거두고 있는 것은 바로 이렇게 새롭게 표현해보려는 지적 노력이 투영된 작품들이다. 가령 80년대 민중시의 안 좋은 점을 많이 답습하고 있는 「만술이」이나 「장해별이」 등보다 「흰 길이 떠올랐다」 「길 너머」 그리고 「풍경은, 옛 연못을 지웠을지라도」의 모호한 이미지로 얼키설키한 시들이 오래 눈길을 끄는 것이다.

그럼에도 다음의 「저녁눈」이란 시를 보라.

> 강설 깊은 처마 아래 한 등 마음의 紙燈 아래 희미한 옛 시인의 그림자 아무개를 듣노라면 그가 부르다 간 여백 많은 노래 희디흰 투혼 속으로 우리들 머나먼 고향의 끄트머리쯤 시방도 그치지 않고 흘러가던 치운 밤 강물소리 쇠죽가마라도 끓일 듯이 눈발 붐비던 삼동 깊은 某日 쓸쓸한 회억 곁으론 구들 낮은 아랫목 병상의 우리 어머니 야윈 목줄에 캄캄히 걸리던 금계랍 한 알의 쓰디씀도 떠올려주던 龍來의 저녁눈.

이 시는 박용래의 시 「저녁눈」을 읽고 쓴 것인데, 오늘날 40대 이상의 사람이면 누구나 그렁그렁한 눈과 마음으로 얼마든지 떠올릴 수 있는 그런 서러운 풍경 아닌가. 깊은 강설과 어머니의 병고와 그런 속에서도 면면히 흐르는 강물과 끓는 쇠죽가마가 있는 풍경. 더구나 어머니의 야윈 목줄에 캄캄히 걸리던 금계랍은 건위제로서 당시 못 먹고 폭폭증 많아 생긴 속병을 다

스리는 데 너나없이 쓰던 가정 상비약이었는 바, 그 금계랍 한 알의 이미지가 주는 아프고 쓰디쓴 삶의 기억은 목에서 뜨거운 것이 올라올 정도로 서러움을 가져다준다.

헌데 이 시에서 필자는 시의 내용보다는 그 내용을 정련되게 전달하는 시의 형식을 칭찬하자고 하는 것이다. 이 시는 우선 그의 시의 문제점인 장황한 이야기가 배제되어 있다. 강설과 강물소리와 병든 어머니와 금계랍 등 지배적 인상의 이미지들만을 유려하게 배치함으로 군더더기가 없다. 비록 산문시 형태이긴 하지만 언어의 긴장과 절제를 통해 시에서의 울림과 상상력을 불러일으키는 여백도 충분히 확보되어 있다. 아무래도 이건 그런 표현의 대가인 박용래의 시를 읽고서 쓴 시이다보니 좋은 결과가 나온 모양인데, 그럼에도 박용래엔 미치지 못한다. 그건 사유에 의한 모더니티의 부족 탓이다.

하지만 필자는 그의 혼란스런 형식실험을 존중하면서도 역시 이런 시들이 더 좋다. 시는 '잘 빚은 항아리'라고 했던가.

정윤천은 많은 가능성이 있는 시인이다. 그는 어느 자리에서나 푸짐한 입담을 토하고 추호라도 진실을 외면치 않으려는 우직한 성깔도 있다. 그런 그의 성격처럼 그의 시에도 건강한 해학과 성(性)이 있고, 콧날 시큰한 민중들의 삶의 속내가 있고, 무엇보다도 지금은 사라져버린 생활 속의 구체 언어 곧 농경적 모국어가 풍성하게 살아 숨쉬며, 「운주사 臥佛」에서처럼 "직립의 온전한 꿈"을 저버리지 못하는 사람들의 치런치런한 희망이 있다.

그의 시를 대하며 느낀 곤혹스러움을 내용과 형식 양면에서 살펴보았는데, 이 곤혹스러움에 대한 탐색은 사실 그의 시의 부정적인 면을 들춰내려는 것보다는 그의 시의 긍정성을 부각시

켜 보려는 의도였다. 얘기인즉슨 누구도 더는 이야기하지 않으려 하는 퇴락한 농촌의 이야기며 그 속에서 살아가는 민초들의 신산스러운 삶을 끝까지 담아내려는 내용면이나, 이를 80년대적 민중시의 구태의연함에서 벗어나 언어의 명민함으로 새롭게 표현하려는 형식에 대한 노력은 이 부박한 시단 현실 속에서 백번 격려해도 모자랄 판이다.

부디 그가 추구하는 시들이 새로운 천년의 새로운 사상과 꿈도 함께 담아내어 이 땅의 대표적 시로 자리잡길 바라마지 않는다.

시인의 말

이리저리 기워놓고 보니 또 한벌의 영락없는
남루에 다름 아닌 것만 같다.
그리하여 나는 어렵사리 내 손끝을 통해 출세간을 시도한
이 자잘하고도 형편없는 이야기 떨기들이……
정작으로, 징글징글 눈 많이 내리시는 어느 겨울밤이거나,
뭇 별님들의 눈매 퍽이나 정한하던 한 초저녁 무렵을
지키고 앉아, 누군가의 시큼달큼한 그리움이며
그 너머 혹은 눈매 삼삼한 추억의 시간과 회한에 대고,
고즈넉한 사념의 흰 등불 같은 것 한 등.
그것들을 밝히는 작은 촉수 역할이나마 감당
할 수 있기를 바라곤 했다.
인상만큼이나 칼칼한 해설로 결코 순탄치만은 않을
내 시의 험로를 되짚어준 고재종 형은
"굳이 바꾸지 못할 것도 없을 것이로되
나는 아직 찐득찐득한 이야기 풍이 더 좋아라우"
버티는 내 똥고집에 대하여 여전히
또 심사가 편치 않은 모양이다.
평소에도 유난한 그의 애정에 이 자리를 빌어 감사드린다.
오래 전 내가 이 골목의 초입에 그리움 많은 쭈뼛거림으로
서툰 발목을 밀어넣었던 그때부터,

꼭 한번은 화들짝 열고 싶었던 '창비' 의 큰 대문 앞에 와 조금쯤은 벅찬 감회의 마음을 실어 큰절 올리기로 한다.

1999년 8월

정 윤 천

창비시선 190

흰 길이 떠올랐다

초판 발행/1999년 10월 1일

지은이/정윤천
펴낸이/고세현
펴낸곳/**(주)창작과비평사**
등록/1986년 8월 5일 제10-145호
주소/서울 마포구 용강동 50-1 우편번호 121-070
전화/영업 718-0541, 0542 · 편집 718-0543, 0544
독자사업 716-7876, 7877
팩시밀리/영업 713-2403 · 편집 703-3843
하이텔 · 천리안 · 나우누리 ID/Changbi
인터넷/홈페이지 www.changbi.com
전자우편 changbi@changbi.com
우편대체/010041-31-0518274
지로번호/3002568

ISBN 89-364-2190-5 03810

* 책값은 뒤표지에 표시되어 있습니다.